SHANGHAI LITERATURE & ART PUBLISHING GROUP

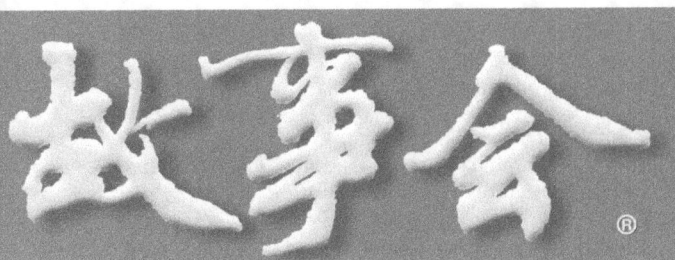

故事会
精品系列

®

惊悚故事

I0517185

上海锦绣文章出版社
上海故事会文化传媒有限公司

上海文艺出版（集团）有限公司

图书在版编目（CIP）数据

惊悚故事 《故事会》编辑部编 – 上海：上海锦绣文章出版社
（故事会精品系列） ISBN 978-7-5452-0267-0

Ⅰ．①惊…Ⅱ．①故…Ⅲ．①故事 作品集 中国 当代 Ⅳ．I247.8

中国版本图书馆 CIP 数据核字 (2009) 第 028897 号

丛 书 名：故事会精品系列

书 名：惊悚故事

主 编：何承伟

编 委：何承伟 吴 伦 姚自豪 夏一鸣

责任编辑：刘迎曦 鲍 放

装帧设计：王 伟

责任督印：张 凯

出 版： 上海锦绣文章出版社

上海故事会文化传媒有限公司

POD 海外发行： 中国图书进出口上海公司

电话：021–36357888

传真：021–36357896

地址：上海市虹口区广中路 88 号

邮编：200083

海外 POD 发行版本

上海故事会文化传媒有限公司 出品 (00246) www.storychina.cn

STORIES

目　　录

鬼蜮伎俩

匪夷所思

恩怨种种

秘情窥探

鬼蜮伎俩

恶魔往往用神圣的外表,引诱世人干最恶的罪行。

受过训练的黑猫

　　出身贫寒的美丽女子何水水,爱上了一个在国外经商的丧偶男人,嫁进了一座阴森森的百年老宅,没想到婚礼上突然蹿出一只大黑猫,居然将何水水绊倒在地。接踵而来的一连串怪异事件,更使这古宅笼罩在一片神秘、恐怖的气氛之中:丈夫和邻居态度暧昧;婆婆和保姆举止异常;还有关于神秘死去的新郎前妻的传闻,都使何水水心惊肉跳……

　　前不久,何水水的新婚丈夫朱阿民又出外做生意去了。其实,老太太对这桩婚姻一直不满,儿子长年在外,她总怀疑儿媳有什么见不得人的事瞒着。久而久之,老太太的性格越来越怪僻了,她似乎总在做一件什么秘密的事,小楼里也时常在深夜响起一种奇异的声音。

这天深夜两点钟,从老太太的房间里又传出了奇怪的声音,因为天热,房门开着,声音特别清晰,"扑通、扑通",一阵紧一阵。

何水水猜不出这是什么声音,她按捺不住好奇心,便蹑手蹑脚地贴着墙壁,摸到了老太太的房门旁。

一看,她看到了一个令她目瞪口呆、心惊胆战的场面:昏黄的灯光下,一只大黑猫正一次次地从地上跳跃而起,像一头饿极了的小老虎,以闪电一样的速度蹿上了一米多高的窗门,那里挂着的,正是何水水几天前丢失的白色胸罩。那猫疯狂地扑腾着、撕咬着,一会儿,胸罩就像狂风中的一片芭蕉叶,被撕得粉碎。

最近一段时间,何水水接连丢失胸罩,现在这些胸罩终于有了下落,可它们的结局却是这样可怕,看来老太太在有计划地训练那只该死的畜生。

可她为什么这样做呢? 想谋害何水水,还只是吓唬吓唬?

第二天,何水水下班后心事重重地往家走,她真不想回到这个阴沉沉的宅子里去。

走过一个小店,店里的老板殷勤地喊着:"小姐,这是今天新来的货,买一瓶试试吧?"

何水水一看,店里摆满了琳琅满目的香水,她随手拿起一瓶,付了钱,然后又在街上的一间间店铺里转悠。

回到家时,天快黑了。

何水水一进门,老太太就阴沉着脸问:"这么晚才回来,阿民不在家,你是不是去会以前的什么情人了?"

何水水一听气坏了:"你造谣,你想编出这么些无中生有的谎话来骗阿民!"

"朱家的房子不是什么人都可以进来的,像你这种人,根本就配不上我儿子!"老太太一边说着,一边抚着手中那只大黑猫,神色有点得意。

何水水终于明白了:眼前这个慈眉善目的婆婆,其实一直对自己怀着刻骨仇恨呀！

她有点害怕："你……你想怎么样？"

老太太没作声，只是一松手，大黑猫便"呼"地跳到了地板上，它伸了一个懒腰，"喵"地一声尖叫，何水水顿时汗毛直立。

老太太在猫的身旁蹲了下来，笑眯眯地对猫说："宝贝儿，看你的啦，妈咪平时是怎么教你的呢？"她说着就轻轻地、有节奏地拍起了手，就像是训练场上的教练员在发号令一样。

大黑猫的眼睛里泛着淡黄色的光，看上去是一种寒彻骨髓的狞笑，它歪头打量了一下何水水，又回头看了看自己的主子，似乎一时间还拿不定主意。

到了这个时候，何水水对老太太偷自己胸罩的用意完全明白了：让这只凶猛的大黑猫熟悉她何水水的体味，然后像撕碎胸罩一样撕裂她的肉体。而且，此刻那猫的利爪上说不定已被这可恶的老太婆涂抹了剧毒！

想到这里，何水水的手不由从背后伸向刀架，在灯影儿的掩护下，她不动声色地把一把剔骨刀摸到了手：只要这该死的猫敢扑上来，那就让它去死！

老太太的掌声又响了起来，大黑猫终于一步一步走了过来，在距离何水水仅一步之隔的地方，它犹豫着又停下了。

何水水的手已经在刀柄上攥出了汗，她屏住了呼吸，瞪圆了眼睛，注视着黑猫的一举一动。

可大黑猫还是停着，它远远地嗅了嗅何水水的裤子，又嗅了嗅她的鞋，就慢吞吞地退回到了老太太的脚边。

老太太恼羞成怒："你这个废物，我怎么教你的？"她再也忍不住心中的恼怒，一脚把大黑猫踢了个大跟斗。

何水水笑了，她走上去，蹲下身，对大黑猫说："宝贝，还不快点逗你妈咪开心一下，她现在很不舒服哦……"

何水水讽刺地扔下了这一句话，就自顾自地上楼了。

老太太整个人僵住了,脸上没有一丝血色,"啊——"她突然发出一声疯狂的喊叫,扑上楼梯,紧紧地抱住了何水水的脚。

何水水挣扎着想脱身,她一踢脚,老太太的身体失去重心,身子一晃,跌下楼去,"砰"地一声响,接着就是肢体断裂的脆响……

就是到了这个时候,老太太还是不知道,今天的大黑猫在何水水面前龟缩不前,那是因为何水水把刚才在街上买的那瓶香水洒到了自己身上,大黑猫的鼻子不灵了……

(作者:魏晓霞;改编者:孙文霞)

(题图:箭　中)

煤井惊魂

　　这天，大明、老侯和刘刚三个人在井下作业面上采煤，由于贪进度，别的工人下班后他们又干了半个多小时才收工。

　　三人沿坡道往井上走，眼看就要到坑道口了，走在最前面的刘刚突然一拍脑袋说："不好，水壶忘拿了，大明，你帮我去拿一拿。"

　　"好嘞！"走在刘刚后面几步的大明答应一声，转身就走。

　　他刚抬腿，就听"哎哟"一声，走在最后面的老侯从坡道上滚下来，大明赶紧上去把老侯扶起来。就在此时，只听"轰隆"一声巨响，大明和老侯回头一看，原来坑道口那块巴掌大的亮光不见了，碎煤块"稀里哗啦"落下来，腾起的煤尘呛得大明和老侯眼睛都睁不开。

"塌方了!"大明惊叫起来。

老侯到底年长些,此时比大明镇定许多,他让大明先关掉头上的矿灯,以节约电源,然后又给大明和自己分别找一处凹陷的坑壁站好,以防再有大煤块掉下来时被砸着。

说起来,大明认识老侯和刘刚的时间并不长。一个月前,大明在火车站与老侯相识,两人都是进城来打工的,可在城里转悠了两天,没找到一份工作。后来,老侯提议去他表弟刘刚打工的煤矿谋苦力,大明便跟着去了。挖煤这活又脏又累又危险,而且这是一家私营小煤矿,管理混乱,人员混杂,在如此环境下,老侯对大明却很照顾,加上刘刚,三个人处得情同手足。可没想,才来一个月,却偏偏碰上了这号子倒霉事……

约莫半个多小时过去了,大明感到头发晕,胸口也堵得慌。他见坑道顶上不再掉煤块了,便就近找啊找,找到一个风道口,把脸贴上去。可奇怪的是,风道口里一丝风也没有;又找到一个风道口,仍然没有风。

"别费劲了,风道都被堵死了。"黑暗中传来老侯绝望的声音。

大明心里一沉,如果风道全部被堵死了的话,不出半天他们就会被活活憋死!一阵恐惧感袭来,大明紧张到了极点。

突然,坑道口好像有动静,大明叫起来:"刘刚!一定是刘刚带人来救咱们了!"他急忙扭亮头上的矿灯,却惊讶地看到,眼前闪着十几双绿豆粒大小的幽光。

"是老鼠!"老侯叫了一声。

大明这时也看清了,那幽光原来都是老鼠的眼睛。

"打死他们,不然等我们动弹不了时,他们会来吃我们的肉,喝我们的血。"老侯咬牙切齿地说。

大明于是就哆嗦着捡脚边的煤块,朝老鼠扔过去,可没想这些家伙比鬼还机灵,"嗖"一下立刻就都逃散开去。老鼠没打死,大明却明显感到自己头重脚轻起来,他闭上眼睛,把身子靠在井壁上,刚想休息一会,被老侯狠狠推了一把,险些跌倒。

"千万不能睡觉,睡着了你就没命了。"老侯显然比大明有经验,他对大明说,"走,咱们到作业面去,那里宽敞,打起仗来对咱们有利。"

"打仗,和谁打仗?"大明话一出口,立刻便想到刚才那十几只老鼠,"行,老侯,我听你的。"说着,他就跟着老侯一步一步往作业面走……

不知过了多少时候,坑道口那边仍然没有动静,而坑道里的空气却越来越稀薄,加上饥饿和寒冷,大明和老侯时时刻刻感觉到了死亡的威胁,而这时候,他们的"难友",那十几只老鼠,竟趁着黑暗又一次向他们发起了进攻。

老侯对大明说:"必须主动出击,不然等我们体力耗尽了,绝不是它们对手。"

大明点点头,他和老侯同时打开头上的矿灯,一人拿一把留在作业面上干活用的平铲,朝着老鼠就是一顿猛拍,差不多一半老鼠被打趴在地上不会动了。

突然,大明发现鼠群中有一只特别大的老鼠,在他不远处"吱吱"叫着,挑衅似的瞪着他,他举起平铲就追了上去,那老鼠惊叫着蹿上直陡的坑壁,大明瞅准机会挥铲狠命一劈,铁铲碰到坑壁上,震得煤块矸石"哗哗"直往下掉。

"打死了!打死了!这么大,说不定还是只领头的呢!"大明朝老侯喊了一声。

老侯赶了过来。可是奇怪,借着头上矿灯的亮光,两人找了半天,也没见这只大老鼠的影子。这家伙跑哪儿去了?

忽然,老侯发现刚才大明铲头劈下的地方,竟有一条手指宽的缝隙,透进一股凉风。"快挖,可能有出口!"老侯激动得声音都有些发颤。

于是,两人立刻交替着用平铲挖了起来。果然,挖开了一个脸盆大小的洞,一阵带着潮味儿的新鲜空气扑了进来！原来这是别的煤矿打过来的岔洞,无意中被大明打通了。两个人于是先后钻出洞去,进入了另一条坑道,从那里钻出坑道口,重新看到了外面的世界。

这里离矿上不算太远,休息了一会儿,大明就要回去,可是老侯拦住了他,老侯说什么也不愿再回去冒这种风险了,他拉着大明来到附近一个小镇上,找了一家小旅馆住下,然后又打电话让刘刚到镇上来见面。

天刚擦黑,刘刚风风火火地赶来了,三个人一见面,激动不已。

刘刚一边咬牙大骂矿老板毫无人性、见死不救,一边从包里拿出一只烧鸡和一包花生米,又拿出一瓶白酒,说:"大难不死,必有后福！今晚我们哥仨庆祝一下,好好喝一杯。"

三人在小桌边坐定,老侯忽然长叹一声,说:"表弟呀,你表哥我长这么大还没尝过女人滋味哩,这次死里逃生,我也想开了,今晚你陪我俩找回女人去。"

刘刚听了不由皱了皱眉头,说:"那不成,你不怕得病?"

"我不管,命都是捡回来的,还在乎多丢一回?"老侯脸涨得通红,瓮声瓮气地说。

"那……大明,要不就一起去试试?"

"不不不!"大明连连摆手,"老侯想去我不管,这事儿我可没想过。"

刘刚一听不由"嘿嘿"笑出了声:"也好,人各有志,大明兄弟不去就算了,你自个儿先喝着,多吃菜,我帮老侯办完事儿就回来。"说罢,他陪着老侯走了。

他们两人走后,大明打开酒瓶就要喝酒,忽听屋角有动静,回头一看,发现是一只大老鼠,正直勾勾地瞪着自己。大明立刻想起了坑道里的那只救命鼠,他不禁对这家伙产生了好感,于是顺手就撕了一块烧鸡,扔到它面前。

这只老鼠胆子还真大,大模大样地凑上来嗅了嗅,张嘴就啃。

大明见状,便又抓了一把花生米丢过去,那家伙也不客气,一边吃,一边"吱吱"地叫。

不一会,只见不知从哪个角落里钻出一大两小三只老鼠,大明明白了:看来这是一家子哪,听到大老鼠的召唤,一起来享受美味了。

大明越看越觉得有意思。忽然,他见那只大老鼠痛苦地叫了几声,全身一阵颤栗,竟趴在那里不动了。紧接着,另外三只老鼠也先后倒在了地上,全都口鼻流血咽过气去。大明惊出一身冷汗……

半夜时分,只见两个黑影溜回了房间。

"喂,兄弟,这小子死了吗?"说话的是老侯。

"没问题,我在酒菜里足足放了三包毒药。"另一个声音自然是刘刚了。

"你从窑主那里讹了多少钱?"

"六万。侯哥,你那三万,我给你留着。"

"窑主没起疑心?"

"哼,疑心了也不敢声张,他无证经营,不给钱我们就闹到上边去,他最怕这个了。反正我们这也不是头一回做了,大明这种怨鬼,骗到一个是一个。"

"那哥哥我呢? 你这回竟然连我都算计,要不是老鼠救命,我早见阎王去了。"

"不不不,哪敢哪敢!"刘刚说着,把刚才放在桌上的东西都收拾了,然后恭恭敬敬地把老侯按在桌边坐下,"看,我给你带什么来了!"他把带来的另一个包打开,从里面重新拿出酒菜来,

"这可是你平时最爱吃的了吧！来,让兄弟我好好敬你哥哥一杯,算是赔罪了。"刘刚边说边替老侯斟满酒,把酒杯举了起来。

老侯接过杯子,一仰脖把酒喝进了肚里,然后心满意足地伸手接过刘刚递过来的三捆钞票,一张张数了起来。然而,钱还没数完,他的脸就痛苦地抽搐起来,"你……你……"他刚"你"了一声,人就已经重重地摔在了地上。

"哈哈哈哈"刘刚得意地狞笑起来,他用脚踢了踢死去的老侯,自语道:"兄弟啊,本来咱们合作得这么好,我是不想要你命的,可谁让老板这么好说话呢,一给就给了六万块,给你一半我实在是舍不得啊！也好,有大明那傻小子陪着,黄泉路上你就不会寂寞了……"他边说边将刚才给老侯的那三万块钱装进了自己的黑皮包。

可是就在他开门走人的时候,他脸上洋洋得意的表情僵住了——房门外,全副武装的警察挡住了他的去路;站在警察身后的,正是双眼冒火的大明！

（闫　锐）

（题图:王申生）

油价涨了

这是一个北风呼号、大雪纷飞的冬夜,屋子里只住着达克一个人,他是单身汉,这里又十分偏僻,没什么好消遣的,达克正坐在火炉前看杂志。

"咚咚咚",有人敲门,十分急促,达克刚把门一开,一个雪人连同雪花一起被卷进了屋里,达克连忙插上门,回头一看,进来的那人穿着一件很厚的羽绒服,脚上穿的是雪地靴。

他进来后在火炉前烤了好一会儿,才说:"我叫莱可,我的汽车没油了,在八里外熄了火,需要油,我走了很远的路才来到这里,太太还在车里呢……我见到了你的加油柜,所以才……"

达克凑到了火炉旁,一本正经地说:"莱可先生,真抱歉,油柜七年前就已经没油了,这是因为政府把路改到了前边的村子,我这里很少有车经过,所以没生意了。"

莱可一听急了:"那可怎么办? 我必须在今晚找到汽油,要不我和太太就会冻死在汽车里……而且我只需二加仑就够了……"

"你先别着急嘛!"达克不紧不慢地说,"我记起来了,我的卡车坏了后就把汽油抽了出来,或许可以卖一些给你。"

莱可一听大喜,忙问:"那汽油要多少钱?"

达克盯着莱可的包,说:"今晚这样的天气,认识你算咱俩有缘,就算五十元一加仑吧!"

莱可简直不敢相信自己的耳朵:"多少? 五十元一加仑? 你这是在抢劫!"

达克平静地说:"现在油价涨了,再说,你想想,像这样的风雪天,人在外面很快就会冻死的,我想,你的太太在车里肯定也快受不了啦……"

莱可实在没法,他开始数包里的钱,可钱包里只有六十元,只够买一加仑,莱可愿把手表一起留下,但达克不答应:"我不需要你的手表。这样吧,你先把一加仑油拿回去,如果你太太带着钱,你们可以再来加油,要是没带钱,我这里可以为你们提供最便宜的食宿。"达克一边说着,一边接过了钱,走进里屋加油……

一会儿,莱可便拿了仅装了一加仑油的罐子,快步走出屋门,消失在暴风雪中——他还得来,他必须从太太那儿拿了钱,再回来加一加仑的汽油。

不知道过了多少时候,"嘀嘀"门外响起了汽车声,达克上前开了门,只见莱可扶着他的太太海伦从车里走出来,他太太显然已被冻得快支撑不住了,他们进了屋,在炉子前依偎着坐下。

海伦对达克说:"我丈夫说了有关汽油的事,幸好我这里还有一点钱,我们还想买一加仑汽油。"

达克连连点头:"完全可以。不过现在油价又涨了,六十五元一加仑。"

"没问题，我们买了！"海伦说着，打开了随身带着的皮包，取出了一沓钱，朝达克扔了过去："这足够了吧？"

"够了，够了……"达克弯腰去捡地上的钱，突然，他发现这些钱上面都标着香柏银行的字样，号码是连着的。他十分吃惊，但等他抬起头来时，莱可手里的枪已经顶到了他的额头，莱可的声音是冷冰冰的："我们车里还有好多这样成捆的钱……"

"这么说你们抢劫了香柏银行？"

"你很聪明，但既然你知道了，我们就不能让你活着。"莱可说着情不自禁地笑了起来，"本来我们是不想杀你的，但你的油价太高，为了再要一加仑的油，我们只能回来，而且也只能给你这些香柏银行的钱！"

莱可找来了绳子，把达克的双手结结实实地捆在椅子上，使他连站都没法站起来。这种偏僻的鬼地方，几天之内都不会有人来，这里温度极低，炉子里的火只够烧几个小时，火一灭谁都受不了，而且也没吃的。

达克绝望了："你太狠了，我只是诈了你一加仑汽油的钱，你却要我以生命来抵偿！"

"是吗？你不是说油价涨了吗？它的价格足以和你的生命相比。"莱可说完就走出了屋子，和海伦一起开车走了。

汽车渐渐远去，没人能听到达克绝望的呼救声……

（推荐者：孙文霞）

（题图：箭　中）

瓶子里的魔鬼

这天夜晚，威尔把车停在离家不远的一片树林边，借着夜色的掩护，悄悄地向家里走去。

他一边走一边四下张望，为了不被人撞见，他特意绕过正门翻墙入院。就在双脚落地的一刹那，威尔听到楼上传来一阵急促的咳嗽声，这个声音他很熟悉，是妻子玛丽亚。

说起玛丽亚，刚结婚那阵威尔和她非常恩爱，可自从玛丽亚患上糖尿病以后，整个人就变了，尤其爱唠叨，芝麻大点儿的事情嘴里说个没完。渐渐地，威尔对她越来越冷淡，也就是在这时候，威尔开始有了"第三者"，并且对玛丽亚起了歹念……

此刻，威尔轻轻上楼，透过门缝，发现玛丽亚正对着镜子在梳头发。看过去，玛丽亚今晚是刻意打扮了的，不但换上了崭新的衣服,而且脸上还化着浓妆。

这一发现,令威尔多少感到有些疑惑:都这么晚了,难道她还要出去?

威尔稍微迟疑了一下,就从怀里拔出一把带消声器的手枪,瞄准玛丽亚连开了数枪。几乎没有发出什么声音,玛丽亚就倒了下来。

威尔紧张地推门走了进去,把手伸到玛丽亚鼻子底下一试,确信她死了之后,这才收回枪,接着开始动手将房间里的东西故意搅乱。

做完这一切之后,威尔正要离去,走到房门口又不禁停住了,心里总觉得有什么不对劲。

他回过身,朝房间里打量着,发现梳妆台上有一盒录像带,他忽然想起,以往玛丽亚出门之前,尤其是要出远门前,总习惯给他留言,留言的方式时有变化,有时是寥寥数语留在录音带里,有时则是一封长信,至于内容嘛,倒都是些鸡毛蒜皮的事情,什么家里的暖气该换了,院里的草坪该修剪了,等等。威尔猜想:是不是这回玛丽亚换成录像带留言了?

这么一想,威尔就走过去,抓起那盘录像带,然后迅速跑到楼下客厅里,打开录像机,将带子装进去,放了起来。

不一会儿,屏幕上果然出现了玛丽亚的身影,先是呆呆地看着镜头,然后是一阵激烈的咳嗽,过了好一会儿,她终于开口说话了:"威尔,亲爱的! 当你看到这盘录像带时,我已经永远离开了这个世界。是的,今天下午,我和我的医生作了一次严肃的长谈,最后他坦诚地告诉我,我的病已经毫无希望了,这就是我为什么会选择自杀的原因……"

听到这里,威尔一下子傻住了,懊悔自己干吗急着动手,让玛丽亚自己去死不是更好吗? 他在心里直骂自己:太沉不住气了。

这时候，只见屏幕上玛丽亚突然哽咽起来："威尔，我把你一个人孤零零地撇下，你不会怪我吧？其实，我也舍不得离开你，可是我又不想再拖累你，我不能让你守着一个病秧子过一辈子，那样对你太不公平了！不过，在离开你之前，我还有很多很多的事要交待给你。首先是有关咱们家的草坪，吭吭吭……"

玛丽亚又一次被自己的咳嗽声打断，威尔看得不耐烦了，不用听下去也知道她还要唠叨些什么，所以他毫不犹豫地关机，将录像带取出，塞进衣袋，出了门。

花园里静悄悄的，除了偶尔几声虫子的叫声，几乎听不到什么别的声音。

威尔独自站在那里，正盘算着接下来该怎么办的时候，突然，他感觉自己脚上好像被什么东西咬了一口。

他大吃一惊，立刻意识到自己被毒蛇咬了。因为前些天玛丽亚就告诉他说，不止一次在花园里发现有蛇，据说就有一个小男孩被毒蛇咬伤，最后死在了送往医院的途中。

威尔不由惊恐万状，跌跌撞撞跑回楼里，在灯光下一看，果然小腿处有两个清晰的牙印，而且还有血渗出来。

威尔本能地扑向电话机，想打电话叫救护车，可就在抓起话筒的一瞬间，他猛地意识到不行，现在这个时候叫车，不是等于自我暴露吗？

怎么办？惊恐之中，威尔想起家里好像有一瓶蛇药，是前几年玛丽亚从印度特意带回来的，据说对治蛇毒有奇效。可问题是，威尔根本不知道玛丽亚把药放在什么地方，他平时从来不关心这个。

处在绝望中的威尔，多么希望此时玛丽亚能够活过来告诉他一声，那该多好！

突然，威尔脑子里一激灵：玛丽亚留给我的话里，会不会提到这瓶药呢？她要我干这干那的，说不定就会告诉我！一想到这里,威尔赶紧从身上掏出那盘录像带,再次将它放入录像机中……

果然,屏幕上玛丽亚又开始说话了:"……威尔,有件事我明知你不喜欢听,但我还是忍不住地想说出来。我要说的是,咱们家的花园真的很不安全,里面真的有蛇,而且还是我亲眼见到的。我早说让你抽空把花园整理一下,可你总是一拖再拖,完全不当回事儿。万一哪天你真的被蛇咬了,到时候你连后悔都来不及。当然,假如你真的不幸被蛇咬中了,那也用不着惊慌,还记得我从印度带回来的那瓶药吗?我就把它放在客厅的壁橱里,是靠左面的那排抽屉,第四个抽屉,很好找的,装在一个红色的玻璃瓶内,一次一颗,吭吭吭……"

威尔听到这里,心里一阵惊喜,立刻飞快地向壁橱那头奔。不一会儿,他手里果然握着一个红色的玻璃瓶,拧开盖,从里头倒出一颗药丸,张嘴就把它吞了下去,然后深深地舒出一口长气,他觉得自己就好像被人从鬼门关拽回来一样。

恰在这时,屏幕上,玛丽亚的咳嗽声也渐渐平息了下来。

只听玛丽亚气喘吁吁地说:"……对不起,威尔,我刚才说到哪儿了……啊,对了,一次一颗,用酒泡开,然后搽抹在伤口上。记住了,你可千万记住了,这种药只能外用,不能内服,因为当初发明这种药的人就是根据'以毒攻毒'这一原理,才研制出这种具有神奇疗效的民间偏方的。也就是说,这种药本身是一种能使人致命的毒药,所以当地人给它起了一个很形象的名字,叫它'魔鬼',意思是说,它既能起到救人的作用,同时也能置人于死地。这也是为什么这种药虽然在印度民间流传了近千年,而市面上却绝对禁止出售的原因。啊,你看,多么神奇的东方文化……"

屏幕上,玛丽亚咳了一阵之后又在娓娓道来。而此时此刻,威尔却早已吓得魂飞魄散,只见他蓦地跪倒在地板上,双手紧紧地捂住肚子，旋即发出一声撕心裂肺的惨叫。

玛丽亚的声音还在继续："亲爱的，现在我真的要走了。我爱你，非常地爱你！若还有来世的话，下辈子我还会和你做夫妻！呒呒呒……"

第二天在勘查现场时，警方特意从研究所请了一位博士，来协助他们鉴定威尔的死因。

博士得出的结论是：死者脚上不明显的伤痕，是被草叶蛇咬中后留下的印记。这种蛇属游蛇科，无毒。

（式　森）

（题图：箭　中）

危险关口

蒙娜是个年轻的单身妈妈，带着不满一岁的女儿生活。她不愿意好好工作，却成天想着怎么来钱又快又容易，结果钱没赚到多少，日子却过得一天不如一天。

一个偶然的机会，蒙娜听说贩卖毒品可以赚大钱，当然，弄得不好会掉脑袋。可她打算赌一把，如果成功的话，下半辈子生活就不愁了。

经人介绍，蒙娜搭上了一个从事毒品交易的地下团伙，他们批发毒品，买主只要想办法把毒品带到国外卖掉，就能赚到十几倍的利润。蒙娜咬咬牙，拿出自己所有的积蓄，还把房子也抵押了出去，又向朋友借了一些钱，买了整整一公斤毒品。

她把一切都计划好了：把这些毒品藏在女儿的纸尿裤里，然后带着她坐飞机混出去,这个小国家的海关检查不是很严格的。

这天一大早,蒙娜像往常一样,到门口奶箱里拿回当天的牛奶喝了,又吃了一块金枪鱼三明治。吃完早饭,她故作镇静地去和邻居告别,请他们帮助照看房子和每天代她取牛奶,然后便抱着女儿坐出租车到了机场。

毕竟是第一次干这事儿,蒙娜心里很紧张,来到候机大厅的时候,她额头上已经冒出一层汗珠。更要命的是,她感到肚子在隐隐作痛。难道是早上的金枪鱼不新鲜?蒙娜心里悄悄嘀咕着,可登机的时间快到了,她来不及细想,强忍着疼痛,抱着女儿往安检处走去。

可让蒙娜心里连连叫苦的是,她的肚子此刻越来越痛,脸色也变得惨白,豆大的汗珠直往下掉,连手里的女儿都快抱不住了。蒙娜没有办法,只好找了把椅子先坐下来,想歇一下再走。

就在此时,一个胖胖的女警察走过她的身边,瞄了她一眼,突然停下了脚步:"小姐,你的脸色很难看,没有什么事吧?"

蒙娜心里很紧张,一听这话,下意识地站起来说:"不,没、没事,我要登机了。"

胖女警热情地说:"哦,登机口挺远的,我送你过去吧,把你的孩子给我,我帮你抱。"

蒙娜此时哪敢撒手,紧紧抱住女儿说:"不用,不用,我自己可以去。"不过话是这么说,她的肚子却更加不争气了,又是一阵绞痛,痛得她脸都歪了。

胖女警的脸色严肃起来:"小姐,你一定是哪里不舒服,这样上飞机会有危险的。"

蒙娜还想争辩,胖女警却不容分说,一把架住她:"小姐,这可不是开玩笑的事,我们必须要对乘客的安全负责。来,我陪你去检查一下,你不用担心机票,我可以帮你签下一个航班。"说完,胖女警就带着蒙娜从侧门走出机场,上了一辆警车:"我知道,这里附近有一家诊所,我们去那里吧!"

蒙娜只得点头,手里始终把孩子抱得紧紧的。

很快,诊所到了,胖女警扶着蒙娜走了进去。胖女警说:"你去检查,孩子我替你抱着。你放心,我也是一个母亲。"说着,她不容分说,伸手就来抱孩子。

"不不不,我还是自己来吧!"蒙娜一看胖女警要抱孩子,心里"怦怦"乱跳。

胖女警见蒙娜这么坚持不肯将孩子给她,脸上不由露出一丝怀疑的神色:"为什么?你总不能带着孩子看病吧?"

蒙娜犹豫了片刻,觉得如果自己再坚持,会引起对方更大的怀疑,只好极不情愿地把女儿交给胖女警。

医生给蒙娜仔细做了检查,安慰她说:"不用担心,没什么大问题,我给你打一针,过一会儿就好了。"蒙娜还没反应过来,胳膊上就挨了一针,紧接着,她的神智就渐渐模糊起来,似乎隐约听见女儿在哭,但立刻就什么也不知道了⋯⋯

不知过了多久,蒙娜醒了过来,发现自己还躺在病床上,那个胖女警抱着她女儿,笑眯眯地坐在床边。蒙娜觉得自己好多了,就从床上下来,抱过女儿,试探着说:"真不知该怎么感谢你才好!"

胖女警的脸上始终挂着微笑:"没什么,谁碰上了都会这样做!"

蒙娜被感动了,甚至觉得无地自容。可她还是必须把毒品带出去,因为这次她押上了自己全部的赌注,不然今后就要与女儿沦落街头了。想到那包毒品,蒙娜的手不由摸了摸孩子的纸尿裤。什么?她的脸色变得惨白:老天,纸尿裤竟然不在孩子身上!

胖女警似乎看出了蒙娜的疑惑,一伸手,拿出一包东西在蒙娜眼前摇晃:"你是在找这个吗?你为什么把奶粉装到孩子纸尿裤里啊?"

奶粉?蒙娜身子不由一个颤栗:明明是毒品,怎么变成了奶粉?是什么时候被人家掉了包?她立即意识到自己将血本无归,当然,性命好歹是保住了,连牢也不用坐了。这到底是幸运呢,还是不幸?

此刻,蒙娜心里说不出到底是喜还是痛。她抬起头,茫然地问胖女警:"你说这是一袋奶粉?你肯定吗?"

胖女警笑了:"你放心,我已经尝过了,味道还真不错,不信你自己尝尝?看你现在似乎已经没什么大碍了,那我就先走了。再见吧,祝您好运!"胖女警说完,转身出了诊所。

蒙娜告别了医生,抱起女儿也跟了出去,目送胖女警乘坐的那辆警车驶上公路。

蒙娜肯定不会想到,此时,在这辆伪装的警车里,胖女警掏出手机,拨了个号码,兴高采烈地对对方说:"喂!老板!那批货已经顺利回收。不过这次与往常不同,费了点劲儿才搞定!以前他们都是把货藏在身上,或者干脆吞进肚子里,可这次我们的医生没有在病人身上找到货,而是在她女儿的纸尿裤里发现的。哈哈哈……对了,报告老板,我们已经物色到下一个对象了,他也有早晨喝牛奶的习惯。对对对,我们会立刻通知送牛奶的,这次要往牛奶里多放一些药,保证他过不了海关。否则一过海关,咱们就麻烦了!"

(李　健)

(题图:箭　中)

地下室里的秘密

　　泰波特是一家大公司的股东，一天，他有事提前回到家里，可是眼前的一幕却令他几乎不敢相信自己的眼睛，他那年轻美丽的妻子瑟娜和他的合伙人克利夫，正在床上缠成一团！

　　泰波特呆立了半晌，一句话不说，慢慢地关上门，退了出去。这对男女吓慌了，瑟娜知道丈夫是个自私心很强而又很阴险的人，接下来保不准就会做出什么事情来。但出乎意料的是，泰波特除了很少和瑟娜说话，好像几乎是忘了这件事似的，什么动作也没有。

　　不久，一年一度的股东大会就要在异地召开，瑟娜知道，这个会泰波特非参加不可，而且一开就是三个星期，她心里真是又高兴又担心。高兴的是，终于可以有一段时间可以不用看泰波特那阴沉沉的脸色了；担心的是，她的情人克利夫也得去参加这个会议，她一个人难免会很寂寞。

瑟娜想这想那只是在想她自己的感受，可她根本没有注意到泰波特这几天开始变得高兴起来，而且带着工人在地下室里忙忙碌碌的。

就在要出发去开会的前一晚，泰波特走到瑟娜身边，居然给了她一个多日不见的笑容。瑟娜惊奇地看着他，还没回过神来，泰波特却突然给了她一拳，瑟娜只觉得脑子里"嗡"的一响，顿时就失去了知觉。等她醒转过来的时候，她惊恐地发现自己被关在一个洞穴里，这个洞穴就在她自家的地下室里，工人们在洞穴门口安上了铁条，在洞穴里面栽了根粗木桩，瑟娜就被粗粗的铁链锁在这根木桩上。

泰波特看着瑟娜惊恐万状的样子，冷笑着说："你的左边有足够吃三个星期的面包和水。虽然我不想这么做，但没办法，因为你喜欢背着我偷偷摸摸，我不能不这样。你就放乖一点吧，三个星期后我会回来放了你！"说着，他又用力拉过一块木板挡住洞口，洞内立刻漆黑一团。

泰波特这次去参加股东大会，其实还带上了娇艳如花的秘书丽芙小姐，他们早已是一对情人，泰波特决定要趁这次好好享受属于他的生活。

出事是在股东大会已经开始了的一天深夜。

那天泰波特一时高兴多喝了几杯，出来时非要自己驾车，他看着靠在自己身边的美女丽芙，不知怎的想起了地下室里的瑟娜，一想到那个背叛了他的女人此刻在地下室里和老鼠臭虫为伍，他不由兴奋起来。

这时候，前面突然出现了一个陡坡，得意忘形且有些醉意蒙眬的泰波特根本来不及刹车，于是一个"天翻地覆"他便失去了知觉。在这场车祸中，丽芙小姐当场毙命，泰波特足足昏迷了两个月,最后总算被医生从死亡线上救了回来。

当泰波特清醒过来后知道了这一切,他痛苦地闭上了眼睛,不仅仅是为情人丽芙,也为妻子瑟娜。虽然瑟娜背叛了他,但他并没有要杀害她的意思,可问题是这场车祸却让他成了杀人凶手——地下室里的食品只够瑟娜吃三个星期呀,而他却足足昏迷了两个月。

这天晚上,泰波特做了一个梦:地下室里的瑟娜变成了一具枯骨,上面布着蜘蛛网和灰尘,那对黑洞洞的眼睛直直地逼视着他……他再也不想在医院里待下去了,坚持非要医生让他出院不可。

一回到家里,泰波特就直冲地下室,他用颤抖的手打开了灯,心里紧张得要命。

突然间,"哼哼……哼哼……"一阵轻微的呻吟声传入他的耳朵,虽然很轻,但他听得很清楚,是瑟娜!"瑟娜,是你吗? 你还活着?"

呻吟声继续响着,还夹杂着铁链的声音,与此同时,响起了瑟娜的说话声:"是你吗? 泰波特,你终于回来了?"

泰波特怔了怔,疯狂地大喊起来:"瑟娜,你等等,我马上放你出来!"他一边喊着,一边不顾一切地用力把挡在洞穴门口的木板移开,在黯淡的灯光下,他看见有个人蹲在角落里。"瑟娜!"泰波特大声喊着。

蹲着的瑟娜不知什么时候已经解开了链子,这时竟然慢慢站了起来。就在这时,泰波特突然发出一声恐怖的尖叫,因为他看到了灯光下的瑟娜!

那是一个怎样的瑟娜呀,眼眶里没有了眼球,长着一蓬青苔;嘴唇烂掉了半边;一头秀发几乎掉光,露出了白森森的骷髅头;被铁链绑住的右手抓着一只死老鼠,左手早已成了枯骨……她一边朝泰波特这儿挪过来,一边说:"我知道你是不会忘记我的,我好想你,亲爱的泰波特,吻我! 快吻我!"

　　泰波特吓得浑身颤抖,胸口一阵剧痛,他跟跟跄跄地后退着,后退着,一直退到了地下室门口的墙边上,闭着眼睛大口大口地喘息。

　　突然,他的耳边又响起了瑟娜"哼哼……哼哼……"的呻吟声,他抬头一看,瑟娜竟然走出了洞穴,正向他缓缓走来。泰波特顿时只觉得头皮发麻,胸口像被烈火狠灼了一下,立刻痛得一头倒在了地上,身子扭动几下之后,就再也没有站起来。

　　这时候,瑟娜已经走到了泰波特的跟前,她蹲下身子,探了探泰波特的呼吸,确认他已死后,她一伸手,拉下了自己戴在头上的骷髅头套,原本那张美丽的脸庞又立刻显现出来,可惜泰波特是永远也看不到了。

　　瑟娜对着泰波特的尸体嘲讽道:"你真蠢,你应该知道克利夫有这里的钥匙,你也应该知道我以前搞过化妆,做过演员。嘻嘻,没想到吧? 我最精彩的化妆和表演,竟然不是在舞台上。我要感谢你啊,我得到的报酬将是继承你的一切!"

　　瑟娜说到这里,得意地大笑起来……

(虹　澄)

(题图:箭　中)

匪 夷 所 思

有一些非常美好的感情，却不能找到很好的理由；有时，有些很坏的感情，却能找到很好的理由。

天下第一厨

　　这年是明太祖朱元璋六十六岁大寿,大小官员忙得不亦乐乎,四皇子朱棣与皇太孙朱允自然更为关心,因为他们是未来两个最有希望的皇位继承人。

　　举办祝寿宴,自然要用最好的厨师。当时大江南北各有一位名气响当当的厨师,南面是杭州府"逸风酒楼"的掌勺李然,北面则是北平府"若昌酒楼"的主厨谢更,这两人其实是同门兄弟,烹调技艺都名闻天下。

　　北平府是朱棣的封地,他自然就带来了谢更;杭州府这边,朱允带来的当然就是李然了。朱元璋得知南北两位大厨到京,龙颜大悦。

　　第二天就是万寿大典的日子,朱元璋遂命谢更和李然登台献艺。朱元璋说:"今天是朕大寿的日子,虽说你们两个名声相当,可一山岂容二虎? 所以朕决定让你们两个比一比,胜出者,朕封他个'天下第一厨'。至于比下去的那个嘛……斩首!"

谢更和李然一听,吓得脸"刷"地一下就白了。伴君如伴虎,这话真是一点不假啊! 两个人互相望了一眼,同时深吸一口气,向朱元璋行过大礼之后,就分别忙活起来。

先说那边谢更。只见他大勺一挥,木叉一引,那粗细均匀的肉条就在热油锅里泛了白,接着他挥手如电般将泛白的肉条抄入另一只沸水锅内,如此工序往复了数次,随后甩出玉盘,将肉条尽数抄起。当众人正看得目瞪口呆之时,他已经将这肉条加上佐料,上蒸笼蒸了起来。

众人未及将"好"字喊出口,这边李然也开始了他的绝技表演。只见白光闪过之时,一条红鲤就被"骨肉分离",然后是各式海鲜纷纷"飞"入红鲤腹中,众人还未反应过来,李然已将各式调料添加其内,然后装盘上锅也蒸了起来。

众人简直看得眼花缭乱,场上爆发出阵阵喝彩,如此精妙的手艺,真是让他们大饱眼福。

宫里那些御厨今天都来现场观看。其中一个忍不住叹道:"真是难以置信,谢更师傅那道菜乃是威震北方的'降龙玉笛',采用八十八种调料,反复回锅,看似简单,其实天下除了他,谁也做不出来!"

不想这话传到朱元璋耳朵里,朱元璋立刻皱起了眉头。为啥? 菜名犯忌呀! 什么"降龙"? 他朱元璋就是龙,怎么能降呢? 谢更犯上作乱,真是胆大包天!

谁知这时候,另一个御厨的话又传到了朱元璋这里:"李然师傅也了不得呀! 八种海鲜放到红鲤腹中,红鲤过龙门就是龙,所以不仅其味鲜美,更是百毒皆治,且经龙蛇汤蒸过。呵呵,'八仙斩龙',此菜只应天上有呀!"

朱元璋脸色更难看了：斩什么龙？岂不是要斩他洪武皇帝这条龙吗？

那边谢更完成主菜之后，开始忙活十六碟辅菜了，而这边李然已经将十六碟辅菜完成了六种。此时，虽然众人喝彩声依旧，可在朱元璋的眼睛里，这一道道菜怎么看怎么不顺眼。他脸上不露声色，心里却有了主意……

待谢更和李然把菜全部做完之后，报菜官向朱元璋一一禀报："谢更的六道主菜是：首菜'降龙玉笛'，其余为'虎落平阳'、'千面莲花'、'玉石观音'、'清溪映照'和'貂蝉一笑'；李然的六道主菜是：首菜'八仙斩龙'，其余为'崇奉金石'、'华山一峰'、'万紫千红'、'江山升平'和'普天同庆'。"

朱元璋看着这些佳肴久不动筷，默然许久之后突然一拍龙案道："天下第一厨，乃谢更也！"

谢更是四皇子朱棣带来的，朱棣这边的人顿时欣喜若狂。

可这一声断喝，却将李然惊得"扑通"一声吓倒在地：皇上封了谢更，岂不意味着自己要掉脑袋了吗？

他拼死谏道："皇上，您还没动筷呢！"就这样被杀，岂不是太冤了？

朱元璋拍案而起："朕何须动筷？来人，将李然斩了！"

李然大呼："冤枉啊！"可锦衣卫哪管他冤不冤，立刻上来将他拖了出去。

李然是皇太孙朱允带来的，朱允这边的人吓得顿时"噗噗噗"跪倒一片。

就在此时，突然有个锦衣卫上来向朱元璋奏道："陛下，我们刚刚得到情报，谢更做菜用的乃是人肉！"

"什么？你们……你们……"谢更如入云里雾中，这根本是无来由的诬陷，他怎么可能做这样的事？也没必要做呀！可他不知道，就在刚才他和李然一门心思比试的时候，朱元璋已经下了毒令，授意锦衣卫如此这般了。

朱元璋于是大喝道："大胆奴才，竟敢如此欺君，给我推下去斩了！"锦衣卫于是将瘫作一团的谢更也拖了出去。

这一年的万寿大典，就这样在恐怖的气氛中结束了。

杀了这两个厨师之后，朱元璋并没有将此事放下。他在心里反复比较，发现李然那道主菜名"八仙斩龙"比谢更的"降龙玉笛"更有杀意，既然李然是皇太孙朱允带来的，看来朱允是一个能干大事的人，朕也确实需要一个霸气十足的人来接班啊……

后来，朱元璋果然选择了朱允做皇储。至于日后朱棣在北平府发起"靖难之役"，一路南下，将朱允逼死，那就是这位洪武皇帝没想到的事情了。

（七松石）

（题图：黄全昌）

弹　弓

那年夏天，咸丰皇帝正睡午觉，四个小宫女在一旁侍寝。宫女们这个年龄正是好玩好动的时候，一看皇帝睡得熟，便忍不住在一旁追逐嬉戏起来。尽管她们轻了再轻，可还是有个宫女不小心"扑通"一声绊倒在地，把咸丰给吵醒了。

咸丰眯着眼睛冷不防跳下睡榻，走出殿外，下了台阶，命这四个宫女排成一行，然后不动声色地吩咐拿来弹弓，安上弹丸，瞄准她们的头就要射。

四个小宫女吓得浑身直哆嗦。

这时，有个年纪略长的宫女壮着胆子向咸丰跪地求情道："万岁爷不就是想找个乐子吗？让奴婢给万岁爷试试。"

咸丰瞥了她一眼，鼻子里"哼"了一声："好吧，朕就让你一试。不过你若不能让朕乐，朕连你一起拿了。"

咸丰把手里的弹弓给了那宫女。

那宫女对咸丰说："万岁爷，恕奴婢大胆，奴婢有弹丸，请万岁爷稍等片刻，容奴婢去取了来。"说罢，当即匆匆出了院门。

只片刻工夫，那宫女就回来了，对准四个小宫女举起弹弓就射。

四个小宫女吓得魂飞魄散，却谁知那宫女一拉弓弦，"叭叭叭"一连串的弹丸飞出，飘如红雨，四个小宫女一头一脸一肩一片红色。原来，那宫女用的弹丸是她刚才在外院树上采摘的含苞欲放的花蕾。

咸丰看得傻了眼，一时兴起，饶了四个小宫女不算，还给那年长的宫女封了个"散花妃子"的雅号。

第二天，咸丰兴致未尽，非要散花妃子荡秋千给四个小宫女看。四个小宫女不知深浅，以为昨天逃过一劫，从此天下太平，个个喜形于色。

散花妃子嘴上没说什么，但脸色却是异样的凝重，她上了秋千架，越荡越高，越荡越高，来来回回地闪展腾挪，花样迭出，把四个小宫女看得头都晕了起来。

眼看着散花妃子荡到最高处要悠下来的时候，突然，咸丰一声断喝："听旨！"

四个小宫女正高兴着哩，立马惊出一身冷汗：此时此刻，如何听旨？就见半空中的散花妃子如一粒弹丸从晃动的秋千架上射了出去，弹在几十米开外的宫墙上，血溅如飞。

四个小宫女"啊"一声同时惊呼起来，又不约而同地用手蒙住了口。

只听咸丰哈哈一笑："看朕这弓弹得如何？"

（王洪震）

（题图：黄全昌）

笑　　刑

　　滦河西岸方圆百里的首富当数坨头寨的史少森老爷,史老爷持家的唯一信条是:心狠手辣。

　　凡是见过史老爷的人,都从未看到他脸上露过一丝笑纹。史老爷惩罚下人的手段独特而且残忍,比如说,有乱说话的,轻者灌粪汤子,重者就被缝嘴;乱摸的,轻的掀指甲盖儿,重的剁手;乱看的,轻的往眼睛里揉盐,重的就摘眼球;逮着男女偷情的,将女的割下双乳喂狗,男的则被绑在后花园的老椿树上,扒掉裤子,在裆里那玩意儿的根部系上一挂五十响的炮雷子……每到这种时候,史老爷都要亲自动手,用香火头儿慢慢地去点炮捻儿,那被绑的男人或者早已吓得昏死过去,或者鬼哭狼嚎地求饶,但都无济于事,一阵"砰砰砰"的爆炸声响过以后,男人的裆部早已血肉模糊……

在坨头寨,史老爷打一个喷嚏,就是电闪雷鸣;史老爷跺一跺脚,就是天塌地陷!

史老爷家大业大,可一生只娶过一房女人。史太太刚进史家大院时,所有人的眼睛都亮起来了:瞧那音容笑貌,莫非是仙女下凡?可没过几天,美如仙子的史太太就被史老爷折腾得脱了形。无人知晓史老爷是如何折腾史太太的,只是在半夜里总会听到史太太被鬼掐一般地嚎叫,吓得人不敢出来解手。

后来,史太太一到晚上就往外跑,哭着喊着要上吊抹脖子,都被家人截了回来。史老爷就说这女人疯了,命人挑断她的脚筋免得乱跑,管家史庆赶忙出主意,说:"老爷,倒不如把太太送到青龙山上的慧灵寺去看看,那儿的和尚不但会驱妖捉鬼,还会医治疑难杂症。"

史老爷沉吟半晌,挥挥手说:"那就让她去吧。"

青龙山离坨头寨一百多里,坐上马车早早就去,但怎么也得第二天回来。史太太由贴身丫环陪着去了几次,说来也真怪,她的面色红润起来了,渐渐地又恢复了昔日的娇颜。后来,史太太就常去烧香拜佛。

一年后,史太太生下一子,取名家梁。家梁少爷生下就白白胖胖,也不怎么哭闹,口里常常喃喃有声,仿佛念经一般。过一岁生日时,当地有"抓阄"的习俗,史老爷特意把一些银元、书册、笔墨、珠宝、玉器等摆在家梁跟前,不料,家梁别的都不拿,独独将一本书抓在手里,众人定睛一看,还偏偏是本和尚念佛的经书,史老爷的脸上立刻像抹上了一层冷霜。

当天晚上,丫环们抱着家梁到处找史太太,却不见踪影,直到第二天早上,花匠在后花园的井里发现了她的尸体。史太太喜得贵子,高兴都来不及呢,怎么会投井自尽呢?

史老爷来了,他长叹一声说:"想不到她的疯病又犯了!"他派人从慧灵寺请来了几十名和尚,为太太超度亡灵。灵堂里正在念经,谁也没有想到,一个白白胖胖的和尚突然扑到灵台前大声痛哭,泪如雨下,任人百般劝阻也拉扯不开。后来,那和尚就不知去向,再无音讯……

星移斗转,家梁长大成人了,和父亲相反,他待人极其和善宽厚,坨头寨的人背地里都叫他活佛。史老爷经常训导他:"像你这样心慈手软,将来如何继承我史家大业!"家梁听后虽然唯唯诺诺,但为人处事仍是狠不下心来,而且平时对钱财毫无兴趣,只喜欢读书。

这一年大旱,平时能并着跑数条船的滦河水也瘦成了羊肠子,到了秋后,粮食几乎颗粒不收。不到俩月,坨头寨就有挂着棍子要饭的了。家梁向父亲恳求道:"爹,咱发放些粮食给乡亲们吧,不然要饿死人的。"

史老爷瞪起牛眼骂道:"你放屁!今年的租子还都没交呢,倒向我来讨粮食,做梦!"

到年底时,村里果真饿死人了,村民们纷纷拥到史家大院门外,黑压压地跪倒一片,哀求史老爷赈济灾民,史老爷却命人放出恶狗驱赶村民。

第二天一早,在岩山脚下看守史家祠堂的仆人跑回来报告,说昨晚有一伙人袭击了祠堂,掀翻了祖宗牌位,还到处拉屎撒尿……史老爷一听气得半死:这日头还明晃晃地照着,我史少森还硬朗朗地活着,怎么就有人无法无天啦?他急忙召集家丁,准备赶往史家祠堂。临走,他举起马鞭,指着家梁的鼻子说:"你在家好好看着,少一粒粮食找你算账!"

史老爷刚走,家梁就"扑通"一声跪在管家史庆面前:"庆伯,粮仓的钥匙都在你这儿,看在快要饿死的乡亲们面上,快把钥匙交给我吧!"

史庆吓得面如土色,忙弯腰去扶家梁,说:"少爷,快起来,这事让老爷知道可不得了呀!"

家梁抱住史庆的双腿,说:"你不答应我就不起来! 这事由我一人承担,为了救乡亲们的命,我死了也值!"

史庆很受感动,他犹豫了好久,最终还是把钥匙交了出来。家梁立即吩咐佣人去叫乡亲们来领粮食,随后就将所有粮仓的大门全部打开……

就在这时,管家史庆偷偷把家梁拉到自己屋里,叹了口气,说:"少爷,我知道我肯定活不成了,我只是想临死前告诉你一件事……"

"啥事?"

"你不是老爷的亲生儿子。"

尽管家梁和父亲很合不来,但听到这话还是目瞪口呆:"你说啥?"

史庆不慌不忙地说道:"你听我从头讲。老爷六岁时,有一次在院子里拉屎,招来一条黄狗在后面舔食。老爷那时的脾性就很顽劣,拉完屎,非要那黄狗舔他的屁股不可,逼得黄狗发了兽性,一口咬在他的裆部……从此老爷就失去了做男人的能力。"

家梁恍恍惚惚地像是在梦里,他一把抓住史庆的手,问道:"庆伯,那我亲爹是谁?"

还没等史庆回答,"哐当"一声,几个家丁破门而入:"少爷、管家,老爷叫你们去一趟!"

原来,史老爷生性多疑,他刚才在去祠堂的半道上猛然想到:这会不会是有人使的调虎离山计,想借此抢我史家大院的粮食呢? 于是连忙喝令人马调头回去。路上,史老爷又偶然看到一个小男孩在史家麦地里放羊,便一同带了回来。

来领粮食的村民们见史老爷回来,早就吓得一哄而散。史老爷一脸杀气地端坐在正房大厅里,脚下跪伏着那个放羊的孩子,两边肃立着手持棍棒的家丁。

史庆一进来就跪下了:"老爷,我有罪,我该死!"

史老爷"哼"了一声,说:"史庆,看你这么多年还算忠心耿耿,就赐你个全尸吧。"说着,他往后一摆手,就有个丫环将一杯酒端到史庆面前。

史庆喝下了这杯毒酒,立刻趴倒在地上,头和四肢扭动着,一点一点缩起来,最后,那么大的个子竟缩成了一个不大的"圆球"。

大厅里死一般地沉寂,那个孩子的裆里尿湿了一大片。

"现在该轮到你了!"史老爷踱到家梁面前,说话朗朗有声,如同洪钟,"但你毕竟是我儿子,就给你个机会,快,掐死这个在咱家麦田里放羊的小杂种!"

家梁跪着向前爬了几步,磕头求情:"爹,我宁愿一死,求你饶了他吧,他还是个孩子啊!"

史老爷一脚踢翻了家梁,怒气冲冲地喝道:"不争气的东西,你还敢替他求情?我让你瞅着他怎么死!"说着,史老爷一把拎起那个哭爹喊娘的孩子,像虎豹豺狼一样,恶狠狠地张开大口,竟一下咬穿了他那细细的喉咙。

史老爷舔净了嘴巴上的血,咬牙切齿地说:"谁敢吃我的苗,我就喝他的血!"

话音刚落,忽见家梁"霍"地跳了起来,怒吼一声:"史少森,你个畜生!"

史老爷犹如被人当胸猛捅了一刀,突如其来,一时竟没觉得疼,两只眼睛直愣愣地瞪着,眨也不眨。在他的记忆里,还从没有人这样骂过他,更何况此刻骂他的人,是平时走路连蚂蚁都不敢踩死的家梁!待他反应过来,便有一口鲜血"噗"地吐了出来,当即昏倒在地……

众人急着想上前搀扶,家梁冷静地说:"都别动,让我把爹背回屋吧。"

　　也不知过了多少时候,史老爷慢慢醒来,发现自己躺在床上,从胸到脚被捆了三道儿,不由大叫起来:"来人啊,来人!"

　　家梁从屋外走了进来,笑着说:"爹,你甭喊了,大伙儿都忙着分粮食呢。"

　　"你、你……"史老爷额角上青筋暴突,"我史家咋会出了你这么个逆子!"

　　"我本来就不是你史家的人嘛!爹,我摸过了,你裆里果然残缺不全。"

　　史老爷气得直瞪眼:"谁告诉你的?是不是史庆这个狗奴才?"

　　"你都到这份儿了,还这样发狠?快告诉我,我亲爹是谁?"

　　"我不会告诉你的,你就死心塌地地姓我的'史'吧。"

　　家梁笑笑,转身就走。不一会儿,他牵来了一只羊,还掏出一包盐倒在一碗水里,边搅拌着边柔声细气地说:"爹,我从小到大从没看你笑过,我很想看看你笑时会是啥模样。这只羊——被你咬死的那个孩子的羊,它说能帮我,那咱就试试。"

　　史老爷不知家梁要做啥,两颗充满血丝的眼珠子滴溜溜地转着。正在这时,只见家梁走到床边,蹲下身来,动手扒掉了史老爷的袜子,又在他的脚心上抹了一层又一层的盐水,然后就把那只羊拉了过来。羊对咸的东西是极感兴趣的,只见它嗅了嗅史老爷的脚心,立刻伸出温温的、软软的舌头"刷刷刷"地舔了起来……史老爷经不住脚底心的奇痒,便爆发出一阵大笑:"哈哈哈哈,哈哈哈哈……"

　　家梁拢住羊头,显出一副谦恭的样子,说:"爹,想不到你还真会笑,挺快活的……告诉我吧,谁是我亲爹?我娘又是怎么死的?"

　　"呸!"史老爷恢复了凶相,"想见你爹娘,到坟里去找吧!"

家梁并不气恼，反倒更加温和地说："爹，你干吗动那么大的肝火呀？来，再让你笑笑。"说着，又撒开了羊头，那只羊就又津津有味地舔起史老爷的脚心来，舔完这只舔那只，家梁就轮番往两只脚心上抹盐水。

史老爷的脸痛苦地扭曲着，嘴里却在笑："哈哈哈，哈哈哈哈……"他此刻真正体会到了生不如死的痛苦，很想乞求眼前这个管他叫爹的人一刀杀了他，但那只羊不容他说话，还是一刻不停地舔，于是，他也就只有一刻不停地笑："哈哈哈，哈哈哈哈……"

这笑不知持续了多久，史家大院和坨头寨的人全都听到了，直笑得地动山摇，天地变色，笑得连天上的日头都淡了……

史老爷把积攒了一辈子的笑都笑了出来，笑完了，也就死了。

送葬那天，家梁披麻戴孝，一身白衫，喇叭"呜哇哇"地吹，灵幡"忽啦啦"地飘，纸钱铺天盖地地撒……

按规矩，史老爷的灵柩该和太太的棺木"并骨"，可是，当人们打开史太太的坟墓时，却发现太太的棺木前跪着一具颈戴佛珠的骷髅，他的两只手掌平放在棺材盖上，上面分别钉着一根指头粗的铁橛儿。

众人无不称怪，不知这被钉之人是谁。家梁凝视良久，似有所悟，亲手取下那挂佛珠，又叫人将史老爷另埋别处。

送葬回来后，家梁尽散家财分给乡亲，自己则怀揣那挂佛珠上了青龙山，到慧灵寺当和尚去了……

（李　旭）

（**题图**：俞耀庭）

鬼宅

南葳子屯的张富，花四十万元在屯北山脚下建了一座大别墅，五一节那天，全家人欢天喜地地搬了进去。

夜深的时候，全家人送走了最后一拨客人，洗洗便睡下了。第二天日上三竿的时候，张富第一个从睡梦中醒了过来，直觉得一缕阳光直直地射在他的脸上。他蓦然睁大眼睛一看，那圆圆的太阳正高高地挂在头顶。

"怎么回事？"他猛然翻身坐了起来，发现自己光溜溜地躺在院子里，再细一瞧，全家八口人横七竖八的也都躺在旁边，正睡得香哩！

是谁搞的恶作剧？张富气得骂了起来："睡死了，睡死了，全都给我起来！"

　　一家人被他大吼小叫地赶进屋里，大家立时分头查看物品，什么也不少，才算放下心来。

　　张富心里闹不明白：当初盖房时，自己特地找风水先生看了又看，香烧过了，佛也拜了，还会得罪哪路神仙呢？这天晚上临睡前，张富特意仔细查看了一遍窗闩和门锁，这才安心上床睡觉。

　　一夜无话。次日清晨，鸡鸣三遍，张富睡意未尽，还想再贪睡一会儿，突然心里又"咯噔"一下：这太阳没长脚，咋又直直地照在脸上了呢？

　　他一骨碌跳了起来，四下里一瞧，全家人一个不少，又都睡在了院子里。

　　"闹鬼啦，闹鬼啦！"张富拍着大腿哭了起来。

　　家里人一个个从睡梦中惊醒了。

　　顿时，老伴的声音比张富还响："这是鬼宅啊！你这个死老头子，咱们原先住得好好的，你非要争什么脸面，搬到这里来。不就多几个臭钱嘛，你逞什么能？"

　　老伴这么一闹腾，其他人更是心里慌慌的，一商量，决定回老宅去住。

　　张富傻了眼，不甘心新房子就这么空着，便硬着头皮一个人留了下来。

　　张富把远在百里之外的赵大仙请来好好做了一场法事，又喊来一帮胆大的后生陪着他一起睡。可是没用，一夜醒来，所有的人还是全都睡在了院子里。

　　没办法，张富流着泪叹道："完了，完了，这鬼宅子，我也不住了。"

　　这个四十万元建成的乡村别墅，就这么人去楼空，张富想卖也卖不掉，没人敢问津。

　　有个石匠叫铁锁，从小没了娘，老父年前又去世了，给他留下几万元的债，铁锁就靠到处流浪给人家打短工维持生活。

一日，他来到南葳子屯，听说这件事，连连感叹："这么好的房子没人住，多可惜呀！"

有人将了他一军："你有胆你来住呀！"

铁锁脖子一挺："我一个穷光蛋，怕什么！"

张富接口说："你真敢住？你能镇服这个宅子，我就让你在这里白吃白喝白住一年。"

铁锁眼睛一亮："当真？"他心里说：有房住总比没房住强，再说吃饭也有了着落，这不是好事么，于是便和张富签下了协议，说好要是镇不服宅子，就白给张富打一年的工。

屯里人都说张富这是欺外乡人，可铁锁不在乎。

当天，铁锁就过上了一人吃饱、全家不饿的日子。晚上，他倒头就睡，第二天早上醒来一看，果然也睡在了院子里。铁锁心里虽说有点紧张，但他已经有思想准备，所以也不觉着什么。

张富每天都来探班，见铁锁也镇不服宅子，连连叹气，心里冰凉。

这样神鬼搬家的日子一晃过了好多天，铁锁刚开始也有些惊魂不定，后来就习以为常了，他索性安下了久住的决心，每天早上从院子里爬起来之后就开始屋前屋后地转。他发现宅子后面山上的石头，质地非常坚硬，是上等的好石料，便与村主任商量在这里建一个石料场，每年可以交给村里两万元钱。

村主任一听就乐了：连石头都能变成钱，这不是天大的好事嘛？所以不久，铁锁的石料场就开张了。

开张那天，石场上放了一串两万响的鞭炮，震得大石山"隆隆"地响个没完，随后的日子里，开山的炮声就天天响个不停，平静的南葳子屯失去了以往的宁静。

城里的汽车也一辆一辆地开来了，又把一车一车的石头运出去，花花的钱票子像鸽子一样，一张一张地飞进了铁锁的口袋里。

屯里人连声称奇："嘿,那鬼屋咋还给这个小铁匠带来这么好的运道?"

人们的赞美声还没落地,这天夜里天刚擦黑,山前山后突然涌出成千上万只黄鼠狼,浩浩荡荡地穿过屯子,一直向北方奔跑而去,所过之处,人不敢靠前,狗不敢狂吠,那阵势好似万马奔腾,卷起漫天的尘土。

屯里连老辈人也吓得目瞪口呆:咱南葳子屯犯啥邪病呀?不是闹宅子鬼就是闹黄大仙。

说来也怪,自从这一晚起,铁锁一夜安然酣睡,再也没有被搬到院子里去过。

这一来,人们方才明白:什么鬼闹宅子,原来是黄鼠狼闹的!至于黄大仙为什么专盯着张富家这么闹,闹事的时候就没有一个人醒呢,这就没人说得清楚了。

最丧气的要数张富了,早知放炮能驱鬼,自己何必要走这一步呢?每天放它一百个鞭炮,又喜气又能驱走黄大仙。唉!

(董　朗)

(题图:黄全昌)

第四位乘客

　　莫拉现在是一家商行的经理,二十年前,他曾亲身经历过一场惊险恐怖的事情。对这件事,尽管众说纷纭,但莫拉既不和人争论,也从不作任何解释。当然,他也不希望别人的观点强加于自己。

　　那时,莫拉刚刚结婚,他和妻子到大不列颠岛的北部旅游。

　　一天,他独自出去狩猎,结果在沼泽地里迷了路。眼看天越来越暗了,不久又飘起了纷纷扬扬的雪花,莫拉焦急地探寻着出路,可是十多里地既看不到炊烟,也看不到房屋、篱笆和群羊的踪迹。想起新婚妻子在旅店里眼巴巴地等着自己,莫拉心急火燎,像一只无头苍蝇团团乱转。

　　就在绝望之时,莫拉突然看到黑暗中出现一星亮光,一闪一灭,越来越近,莫拉大喜过望,不顾一切地朝亮光奔去。

来到亮光跟前,莫拉才发现,对面站着的是一位提灯的老人。他问道:"老人家,我迷了路,您能带我一起走吗?"

老人举起灯,认真地照照莫拉的脸,然后摇摇头说:"我家主人从不见外人,我想他也不会让你进屋的,你还是自己想办法吧。"

在这大雪纷飞、寥无人烟的地方,一个陌生人是绝对走不出这片沼泽地的,莫拉又是哀求又是许愿,他左磨右缠,终于说动了那位老人,"好吧,我可以带你去见我家主人,只是你千万别后悔噢!"

于是,老人像林中的妖精那样一瘸一拐地在前面带路,莫拉鼓起精神在后面紧紧跟着,唯恐失去了目标。

走了没多久,黑暗中出现了一个大黑影,一条大狗蹿出来,凶狠地叫着。老人吼了声:"阿贝,别叫!"然后又回头对莫拉说:"到了,这就是我们主人的屋子。"

莫拉感到有些奇怪,自己似乎走了没多少路,这幢房子好像是从天上掉下来的。没容他多想,老人已经从口袋里掏出钥匙,莫拉借着手提灯的小圈光,看到门上钉满了大铁钉,仿佛是来到了监牢。

门开了,莫拉抢先一步走了进去,里面的一切又让他感到惊奇:大厅的一头像座粮仓,堆满了麦子和面粉,另一头堆着各种各样的农具,而头顶的横梁上吊着一排排过冬用的火腿、熏肉条和一束束干草。大厅正中还有一个用布蒙着的庞然大物,出于好奇,莫拉掀起布角,见到的竟是一架相当大的望远镜。

这时,突然响起一阵铃声,老人指指大厅对面一扇很矮的黑门,说:"我家主人在叫你哩。"

莫拉敲敲门,走进屋去。一位个子高大、头发花白的老人从堆满书和纸张的桌子后面站起来,死死地盯着莫拉,好一会才沉下脸埋怨道："雅各布，你怎么可以把陌生人带进来？这里可不是招待所。"

那位被叫雅各布的老人赶紧申辩道："我没让他来，是他硬缠着我来的，我可挡不住他这个高个子。"

主人听了皱起眉头，挺不高兴地责问莫拉："先生，你有什么权力闯到我家里来？"

莫拉见气氛有些紧张，就故作轻松地耸耸肩，说："这是求生的权力，就好像是一个溺水者抓住了一块木板，他没有其他选择！"

"说得不错，你愿意的话，可以待到天亮。不过，天亮前你必须离开！雅各布，你去准备晚饭。"主人说完，挥挥手让莫拉坐下，随后他自己又埋头钻进了书堆里。

趁着这个机会，莫拉打量起这间令人有些窒息的房子。房子不算太大，白灰墙上贴着古怪的图表，墙边放着一些架子，上面摆满了物理仪器，壁炉一边是书柜，里面塞满了发黄的纸张，另一边放着个小风琴，上面刻着中世纪的圣徒和魔鬼，在房间的另一头，堆满了研究学问的仪器。

莫拉东张西望，他对这里的一切都感到惊讶和不可思议，要知道，这里可是荒野沼泽地呀！

这时，雅各布把晚饭端了进来，主人合上书、态度也显得热情了些，他请莫拉共进晚餐。莫拉已经一天没进食了，他顾不得客套，就狼吞虎咽地吃起来。

主人身体前倾着，一边喝着牛奶，一边自顾自地讲起自己的科学研究，他似乎熟悉所有的哲学体系，对各位哲学家了如指掌。在谈话中，他还讲到了灵魂的力量，讲到了超人的视力，讲到了预言和超自然现象……

莫拉尽管对主人充满了敬意，但此时此刻他更想念新婚的妻子，他站起身，来到窗口，掀起窗帘，朝外望望，不由欣喜地喊道:"哟,雪停了。"

主人打住了话头,关心地问:"先生,你好像有急事?"

"是的,我妻子不知我迷了路,此刻正担心害怕呢。"

"她在哪?"

"在德沃丁。"

主人脸上露出了微笑,这是极其难得的:"你运气真好,从北方来的晚邮车要在德沃丁换马,过一个钟头一刻钟,它将准时到达一个交叉路口。这样吧,我让雅各布带你穿过沼泽地。"说完,当即喊来雅各布。

莫拉大喜过望,忍不住要上去和主人握手致谢,但主人已经转过身去。

雅各布心里不乐意,他骂骂咧咧地带着莫拉上了路。

此刻,四周一片寂静,寒风刺骨,漆黑的天空见不到一颗星星,这里的一切都让人感到害怕。大约走了一刻多钟,雅各布猛地停住脚,用手一指,说:"那边就是你要走的路,顺着石墙一直走下去,就能见到邮车。不过,你要当心,那地方太陡太窄,九年前发生过一次车祸,死了六个人。"

莫拉掏出钱包,想酬谢一下老人,但雅各布用手轻轻碰了碰自己的帽子,转身从原路回去了。

夜间的气温越来越低,莫拉虽然走得很快,但他没有办法使自己热起来,到最后他实在走不动了,只能倚在石墙上。到这时,他才有些怀疑起来:这么危险的一条路,怎么可能有一辆私家马车通过呢?莫不是他们在骗我?莫拉想到这里,死亡的恐惧就紧紧地抓住了他。

就在莫拉沮丧、绝望的时候,突然前方出现一星光亮。这一发现,顿时使莫拉浑身上下有了力气,他纵身跃起,大步朝前奔去。果然,不多一会,在柔和的灯光下,莫拉看到了一辆四匹冒着汗气的灰马拉的车,他挥舞着帽子,大叫车夫"停车"。

车夫用披风和围巾捂住脸,只露出眼睛,他既不说话也没有下车的意思,而车里的乘客也没有反应。莫拉也不客气,自己打开车门,爬上车,钻到一个空角落里坐下。

马车里竟然比车外还冷,而且还弥漫着一股非常强烈的潮湿霉味,同车还有三位乘客,都是男人,他们其实都醒着,靠在椅背上,好像在思索着什么。

莫拉想打破难熬的沉闷,就无话找话地说:"今夜真冷啊!"

对面那位乘客抬起头来,但没有答话。

莫拉只得转身对第二位说:"你不觉得冷吗?"

还是得不到响应。

莫拉有些扫兴,他觉得车内的怪味道重得让他几乎要呕吐,于是就伸手去拉窗上的皮带。谁知稍一用力,皮带就断了,再看看车子内部,更让人胆战心惊:这车已经破到了极点,几乎每一部分都在霉烂,说不定什么时候一声脆响,车子就会四分五裂。

莫拉越看越觉得不对头,不由问第三位乘客:"你们是从哪里来的?"

那人慢慢移动着脑袋,盯住莫拉的脸看,也是一个字不说。

一时间,莫拉的心突然"别别别"地狂跳起来,他发现那人的脸色苍白骇人,两片没有血色的嘴唇大大地张开着,露出闪亮的牙齿。

此刻,莫拉的眼睛已经习惯了车内的黑暗,他终于看清楚了三位同行者——他们头发上带着坟墓的露水;他们的衣服上沾着泥渍,正在烂成碎片;他们的手是埋葬已久的死尸的手;同样,他们的眼睛里都闪着青灰色的光……

莫拉的精神防线彻底垮了,他发出一声绝望的惨叫,与此同时,一股求生的本能又使他奋力向车门扑去。一转眼的工夫,马车撞上了石墙,反弹过后,朝黑色的深谷坠去……

过了几天,莫拉醒了,他发现妻子正眼泪汪汪地陪在他身边。妻子说，多亏积雪，他才没有被摔死，他是天亮后被两个牧羊人看到给救的。妻子还说，九年前，听说也是在这个地方，有一辆邮车掉了下去。

莫拉明白自己是这辆鬼车里的第四位乘客，不过他没敢和妻子说。事后他又几次去打听过那幢神秘的房子和主人，结果每次都是空手而归，那地方寥无人烟。

后来，莫拉实在忍不住了，便把这事告诉曾救过自己命的外科医生听，但外科医生怎么也不相信，说这是莫拉发高烧时大脑中产生的梦幻。

（王进民　改编）

（**题图**:箭　中）

病人与杀手

　　这天晚上,比恩来到默迪先生的别墅前,看到屋里有灯光,还隐约听见电视机开着的声音,就上去敲门。然而没有人来开,他稍等了会儿,又接着敲:"有人吗?我是比恩,麦克先生派我来借一些工具。"

　　这次,他话音刚落一会儿,门就开了。

　　来开门的是一个中年妇人,问他:"您找谁?"

　　"很抱歉,这么晚还来打扰您。"比恩看见对方似乎在皱眉头,就忙说:"我是你们邻居麦克先生家的工人,今天才来的,我要借一套带全部螺旋钳的工具,默迪先生知道在哪。"

　　"您找默迪先生?他不在家。"

　　比恩一听,搓搓下巴说:"那么,您一定是默迪太太了。请问，默迪先生是不是很快就回家？我最好等他回来。"

"不知道，我劝你最好明天再来，那时候他会在家的。"说完，默迪太太就要关门谢客。

比恩赶紧求道："那么，太太，能给我喝口水吗？"

默迪太太犹豫了一下，说："好吧，你等一下，我去给你拿。"

她转身去给比恩拿水，这时候，比恩就自说自话走进了屋子。

默迪太太拿水回来，见比恩竟站在她家的客厅里，吓了一跳，差点儿把水都洒了，责怪道："你怎么能私闯民宅？"

比恩说："请不要生气，太太，我不会伤害您的。"

默迪太太冷冷地看着他，说："好吧，那就喝水吧！喝完之后，请马上离开。"

比恩接过杯子，像很久没喝到水似的，一口将杯子里的水喝了个底朝天。

就在这时，客厅里的电视机正在播放一条重要新闻："……警方正在全力寻找今天下午从州立精神病医院逃出来的病人，那个病人是在杀死医院里的一位职员之后逃走的。我们再次重复先前的警告，虽然这个病人外表显得柔弱，但一旦发作，就会对他人造成伤害，对此，我们稍后将作更详尽的报道。另外，据目击者说，有一位金发女子在一偏僻加油站进行抢劫，这……"

默迪太太见比恩正在注意地看着电视，就过去"啪"将它关了，对比恩说："喝完了？那就把杯子给我。对不起，我要睡觉了，请你马上离开。"

可比恩却依然把杯子拿在手里，他对默迪太太说："刚才电视上说，有一个病人从精神病院逃出来，那地方离这里不远，这种人很可怕的，一旦发现您一个人单独在家，您想想，他会对您怎么样？"

默迪太太根本不想搭理他，说："我相信我完全可以照顾自己。谢谢您,现在您可以走了,我要关门了。"

比恩却不想走:"太太,您根本不了解,当那种人决心做什么事的时候,门窗都挡不住他,他一旦发作起来力大无比,见什么抓什么,但从外表上您根本什么也看不出来。"比恩说到这里,突然咧开嘴笑了起来。

默迪太太顿时脸色惨白,脱口道:"您怎么对精神病院里的情况知道得这么多?"

比恩点点头:"我在那儿呆了两年。"

"什么?"默迪太太惊得连连后退。

比恩赶紧解释:"我不是病人,太太,我是那里的园丁。不过三年前,我辞去了那里的工作。"

默迪太太这才松了口气:"您差点儿把我吓死。"

比恩又咧开嘴笑了:"我长相不好,见人矮三分。不过,我告诉您,人不可貌相,在那儿,我看到过有许多女士,外表和您一样,长得很甜,一点儿也没有要伤害人的样子……"

"是的,"默迪太太说,"不过我还是要提醒您,我不会让任何陌生人进入房间的,请您把杯子给我,您可以走了。"说完,她伸手向比恩要水杯。

比恩终于把杯子还给了默迪太太,说:"太太,感谢您有耐心听我说话。许多人,尤其是那些太太小姐们,看到我长得丑,就不愿搭理我,我和她们说话时,她们不是掉头走就是尖声喊'救命',不给我一点机会,其实我只不过是想和她们聊一聊。您知道,单是站在这儿和您说说话,就是一件多么美好的事情!"

默迪太太听了笑道:"哦,那就欢迎您以后再来。"

就在这时,门外突然响起一阵急促的敲门声,默迪太太顿时两眼露出惊慌之色,她大张着嘴,惊恐得似乎马上要叫出声来。比恩一步冲上去,用手捂住了她的嘴,默迪太太试图挣脱,但哪里有比恩力气大,一下子就被推到冰箱旁边,动弹不得。

外面再次响起了敲门声,比恩轻轻地对默迪太太说:"太太,我不能让您叫出声来。您要一叫,人家还以为是我在伤害您呢,那样一来,我好不容易在麦克先生家找到的饭碗就会被砸了。我想,敲门的可能是您的邻居,您冷静下来,我就让您去开门。"

说这话的时候,比恩感觉默迪太太一直在用力扭动,想挣脱开自己。所以他顿了顿,又说:"别这样,默迪太太,请您全身放松,您现在这个样子,我是不能让您去开门的。您必须得做出我们在聊天的样子;假如来的是陌生人,您也不必担心,一切由我来对付。"

说完,比恩见默迪太太听话地点点头,这才把手松开,然后抓住她的手臂,两人一起向门口走去。

开门一看,来者是一位身材苗条金发女郎。

默迪太太惊恐地问道:"您是谁?"

"打扰您了,太太,我的车坏了,需要人帮忙。"

"那,请进来吧!"比恩在旁边招呼了一声,把金发女郎请进了门。他发现这位金发女郎年纪很轻,穿着时尚,只是外面披着的风衣污渍斑斑,而且看上去很不合身。

金发女郎笑道:"我的车抛了锚,不晓得怎么换轮胎。"

"这是我的先生,"默迪太太介绍说,"也许他可以帮您的忙。"

比恩乍听默迪太太的话愣了一下,但他很快就明白了她的用意:默迪太太是要自己去与这个陌生人打交道。

金发女郎朝比恩微微一笑,很有礼貌地说:"麻烦您了,先生。您长得可真英俊!"

默迪太太立即跟了一句:"当然,人人都说他英俊。"

可比恩一听这话,心里却很不舒服:这女人,求人帮忙也不能这么说话,我这样儿还英俊?这不分明是在损我嘛!他心里很生气,于是就气呼呼地说:"对不起,小姐,您还是找别人帮忙吧,这种事儿我可不会干。"

"您不会干? 那好,您听着!"金发女郎突然脸色就变了,"嗖"从怀里掏出一把手枪,顶着比恩的胸口说,"既然您帮不了我的忙,那就把你们的车给我用一下。"

几乎是与此同时,女郎的另一只手抓住了默迪太太的胳膊。

就在这一刹那,比恩明白过来了:这个女人就是刚才电视新闻里说的那个女劫匪。

只听金发女郎对比恩和默迪太太喝令道:"快,跟我走!"

比恩心中怒不可遏,突然他眼疾手快,"啪"打在金发女郎持枪的手腕上,那把手枪应声落地,滑过地板,飞到了墙角,比恩又一拳朝她的下巴打去,金发女郎立即应声倒地。

就在这时,比恩的背后"砰"地响起了枪声,子弹飞到墙上,泥灰溅了比恩一脑袋。比恩大吼一声,转身一看,是默迪太太开的枪。默迪太太正想再打第二枪的时候,比恩猛地向她撞了过去,只听一声尖叫,默迪太太也倒在了地上……

过了好久,比恩终于让自己平静下来,他拿起电话先报警,然后抱起默迪太太,打算把她放到卧室的床上去,让她静静地躺一会儿。

卧室里黑漆漆的,比恩摸索着开灯。灯亮了,比恩却不禁倒抽了口冷气:床上还躺着一个红头发的女人,胸口插着一把刀。

比恩吓得心惊肉跳! 这到底是怎么回事? 他看一眼,发现床旁边梳妆台上有一张结婚照,穿婚纱的新娘长着一头火红的头发,仔细一看,就是这个躺在床上已香消玉殒的女人。

比恩终于明白过来,抱在手上的这个他一直以为是默迪太太的女人,才是从精神病院里逃出来的病人。

天下竟有这样的事?

（默　默　编译）

（题图:箭　中）

终极标本

　　老布克是远近闻名的动物标本制作人,他制作的飞禽走兽标本活灵活现,既有观赏价值又有研究价值,凭着这个手艺,他每年都能给自己挣回许多钱。

　　可是政府颁布了不许滥杀野生动物的法令。老布克尝足了标本制作的甜头,怎肯就此罢手,于是就扛着捕具猎枪,带上儿子小布克,悄悄潜入了深山老林。他发誓要把自己的手艺传给小布克,他觉得这是布克家族的荣耀,一定要让儿子子承父业。

　　一天,小布克跟着老布克潜藏在一处清水河边,不一会儿捕到一只孔雀。那孔雀见了人就拼命挣扎,嘴里发出的哀鸣声就像一把刀片在小布克的心头划过,小布克一下怔在那里。

　　这时候,老布克紧紧捂住孔雀的嘴巴和鼻子,不一会儿就把它憋死了。老布克对小布克说："知道我为什么这样做吗？可以把孔雀临死前的那口惊恐之气憋回到它的羽毛里去，这样它的羽毛就会直挺起来，保持它原有的鲜亮和美丽。这种标本能卖好价钱哪！"

小布克还是头一次跟着老布克进山，头一次亲眼看着老布克猎杀动物，头一次听老布克这么解说，不知怎的，他感到浑身的汗毛都竖起来了。

回到居住的木屋里，老布克立刻将孔雀开膛，做防腐处理，制成标本，然后把它放在标本架上。老布克每做一步，都仔细地给小布克示范和讲解。

经过处理后的孔雀标本，简直比真的还要美丽。只是小布克发现，孔雀标本的两只眼睛怎么是湿润润的？再注意看，它的嘴巴居然还动了起来，仿佛要开口说话。已经制成标本的东西，怎么会动呢？而且它尖尖的嘴巴就像猎枪口一样对准自己，小布克吓得"啊"一声尖叫起来。

老布克瞥了小布克一眼，骂他说："你这个没用的东西，真不该迟至今日才把你带上山来，唉——"他一边嘀咕着，一边又拿起了猎枪，对小布克说："走，有家伙入网了，咱们快去！"

两个人走了没多远，果然看见一只红狐狸被困在老布克布下的铁丝网里，正在狠命挣扎。

小布克不想让父亲看死自己，就鼓起勇气，举起猎枪。他正要扣动扳机，老布克一把把他按住了："慢，别伤了它的毛皮，这种红狐狸很难遇到的，不能开枪，用这个。"老布克边说边递了根铁棍给小布克。

小布克接过铁棍，再看铁丝网里的这只红狐狸，正卧着身子抬着头，用一双迷沌的眼睛看着他，而且还似乎是在向他微笑。红狐狸怎么会朝自己笑呢？小布克不禁心里发毛，吓得手里的铁棍"当啷"一声掉在地上。

"唉，你这个不中用的小子！"老布克狠狠瞪了小布克一眼，从地上拿起棍子就朝红狐狸头上打去。只见手起棍落，那只红狐狸闷哼了一声，就伸腿死了。

"要挣钱就不能手软！"在把红狐狸背回屋之后，老布克一边动手将它制作标本，一边训导小布克，"红狐狸是狐科中最坚毅的一种，知道自己逃不了，就会下必死的决心，它知道人捕它是为了它的狐皮，就宁死也不愿让人的目的得逞。你不知道，它笑的瞬间，就会将自己的毛皮撕碎，幸亏我下手及时，不然这只红狐今后再卖出去，价钱就要大打折扣了。来，给我解剖刀。"

小布克将刀子递给老布克，老布克于是就一面给红狐狸解剖处理，一面继续给小布克示范讲解。

半年过去了，父子俩在深山老林的这个木棚屋里，摆满了动物标本，天上飞的、地上走的，琳琅满目。

后来有一天，老布克抽空下了趟山，带回来三个人，其中有一个还是漂亮的外国女人。他们对这些标本赞口不绝，最后都看上了那个红狐狸标本，争得面红耳赤，几乎要打起来。

老布克忙劝道："这个标本虽然珍贵，但还不算极品，只要有我老布克和我的儿子在，我保证以后让你们每人都能得到一件同样的标本！"

结果，红狐狸标本让那个外国女人高价买走了。

晚上，老布克抓着满把满把的钱票子，对小布克说："看见了吧，这就是咱们布克家族的骄傲！你一定要把我的手艺学到手，总有一天，要做出你自己的标本来，赚大把大把的钱！"

这天晚上，老布克又带着小布克出去，又捕到一只狼。老布克让小布克动手，小布克深吸一口气，拿起解剖刀刚朝狼肚子一刀划下去，突然"啊"地叫出声来，手术刀滑落到地上。原来，他从狼肚子里流出的内脏中，看到有四个肉鼓鼓的狼崽子，这是一只怀了孕的母狼！

"知道我为什么让你来做这个解剖吗?"老布克眨眨眼睛,对小布克说,"就是因为这只狼已经不值钱了,我让你操练操练。做得好,做下去!"他鼓励小布克。

可是,当小布克再次拿起解剖刀的时候,他的手却不住地颤抖起来,那四只似乎还在冒着热气的狼崽不时地在他眼前闪现,他实在觉得下不了手去。正巧这时,外面突然划过一道刺目的闪电,响起一阵惊天霹雳,小布克吓得又惊叫一声,跌坐在地上。

"真是没用的东西!"老布克气坏了,"你这样软心肠,往后还怎么立足? 你给我滚出去清醒清醒,滚!"老布克愤怒地吼着,索性自己拿起了解剖刀。

小布克跑出木棚屋,在漆黑的山林里疯跑起来,一边跑一边流泪。这时雨更大了,他被浇得浑身透湿,那四只狼崽子似乎还在他眼前晃动,他嘴里不住地喃喃道:"我没用! 我做不成标本!我给布克家族丢脸了!"

他跑着跑着,突然又一个震天霹雳在他的头顶炸响,整个电光罩下来,奔跑着的他"咯噔"一下站住了。咋回事? 原来他被雷电击中了! 可奇怪的是小布克并没有倒下,雷击在他身上发生了奇妙的变化,他只觉得浑身的血液突然沸腾起来:父亲能做的,我为什么做不到? 不就是制作标本吗? 他感觉自己像换了个人似的,胆气壮得很。他决定今晚一定要亲手捕一头猎物,做成标本证明给父亲看,我不是布克家族的耻辱!

小布克跑回了木棚屋,这时候,屋子里黑洞洞的,老布克可能已经在里屋睡着了,小布克好像还隐隐听到老布克轻微的呼噜声,他不由放轻了脚步,把通向里屋的门关上,取下父亲挂在墙上的酒壶,"咕嘟咕嘟"一口气喝干了剩下的半壶酒,给自己壮壮胆,然后拿起猎枪和铁棍就走出屋子,一头扎进了密林深处。

这时雨已经停了,树林里传来一阵"啪嗒啪嗒"的脚步声,有个黑影蹒蹒跚跚地走了过来,小布克断定这是一只熊。要在平时,小布克遇见熊早就吓得尿裤子了,可此刻他不但没有一丝惧怕,反而兴奋极了!他把猎枪举起来,瞄准黑熊就要扣动扳机。倏地,他脑子里一个闪念:熊皮上如果留下枪眼,一定也卖不出好价钱。不行!得把完整的熊皮保留下来。于是小布克收起猎枪,把铁棍紧紧握在手里,待黑熊走到近前,他猛地跳出去,一棍子就朝黑熊头上打去,那黑熊根本来不及叫唤就倒在了地上。

怕黑熊不死,小布克又朝它补了几棍,随后一个用劲,把黑熊背上了身。一定是雷电霹雳给自己壮了胆,加上还有父亲的那半壶酒垫底,小布克今天背着这头熊一点也不害怕,兴冲冲地就回到了木棚屋。

屋里漆黑一片,小布克也不点灯,怕把父亲惊醒,他把解剖台搬到靠窗的地方,借着窗外的月光连夜给黑熊解剖起来。刚开始,他心里还有些发怵,可就像是有天神在相助一般,他越做越顺手,越做越熟练,直到最后把黑熊标本挂上了架子,才感到筋疲力尽,和衣倒在解剖台边睡着了。

一觉醒来天已大亮,小布克爬起来顾不上别的,冲进里屋就要叫醒老布克,让他来看自己的杰作。可是,里屋没有老布克的身影。老布克会去哪里了呢?

小布克疑惑地回转身,正要出去寻找父亲,可就在这一刹那,他怔住了,全身的血液几乎都一下子冲到了脑子里:挂在标本架上的,哪里是什么黑熊标本,分明是父亲老布克!

怎么会发生这样的事情?难道是父亲冒雨去山路上寻找自己的时候,自己竟把他当黑熊背了回来?可自己怎么会在解剖时都没发现?就是喝再多的酒,也不至于犯这样的糊涂啊?

小布克实在弄不明白这到底是怎么回事。"上帝啊!"他大叫一声之后就瘫倒在地上,再也没有站起来。

(王东生)

(题图:箭　中)

恩 怨 种 种

人生的一切变化、一切魅力、一切美,都是由光明和阴影构成的。一个人精神的阴郁和爽朗,就形成了他的命运!

当手掌

故事发生在民国初年。

这年三伏天的一个中午，芜湖信义典当行里，老板刘梦奎正坐在高高的柜台后面摇着蒲扇扇凉风，就听柜台外有人在喊："掌柜的在哪里？"刘梦奎赶紧站起身，探头一看，进来的是个绷着脸的男人，大蒜鼻子豹子眼，瓦盆似的脸上有几颗麻子，两颗大暴牙张牙舞爪地突在嘴唇外。

刘梦奎心里一沉，觉得来者不善，忙赔着笑脸走出柜台，问道："客官有何吩咐？"

"大暴牙"扯着腮帮子大咧咧地说："到这儿来自然是当东西的，难道是逛窑子不成？"

刘梦奎上下打量他一眼，小心翼翼地说："客官两手空空，不知当的什么?"

大暴牙也不答话,把左手朝柜台上一伸,突然从后腰拔出一把菜刀,手起刀落,他将左手齐腕砍了下来。

站在一边的店小二吓得尿了一裤裆,大叫一声就蹲在地上起不来了;刘梦奎也吓得不轻,哆嗦着身子说不出话来。

此时,店堂里早已围了一群看客,个个惊得目瞪口呆。

大暴牙把砍下来的手掌递给刘梦奎,说:"掌柜的,我刚从赌场下来,输了个溜溜光。你看,我这只手能当多少银子?"

刘梦奎开了几十年当铺,还从来没有遇到过这种事儿,他知道今天遇到大麻烦了,赶紧去后堂拿来一块崭新的毛巾,要给大暴牙包扎伤口。

可大暴牙一点也不领情,他早点了自己身上的几处穴道,所以此刻竟然一滴血也没淌出来。他龇着牙对刘梦奎说:"老板,你这店堂上可是写着'诚信为本、老少无欺',你不会不让我当这只手吧?"

刘梦奎苦着脸说:"好汉爷,您这是何苦? 这手掌您带回去,需要多少银两只管开口就是。"

"怎么着? 是嫌我这手不干净?"大暴牙朝刘梦奎瞪起了眼珠子。

没办法,刘梦奎只好赔着小心赶紧让大暴牙开价。

大暴牙说:"不多,我只要十两银子。如果你觉得不值,那我把另外一只手也砍给你!"

刘梦奎吓得连连摆手:"值值值。"他立刻吩咐伙计,马上去拿银子。

大暴牙煞有介事地让刘梦奎开当票,刘梦奎问他姓甚名啥,大暴牙嘴一咧:"你写'大暴牙'不就得了!"

不一会儿,按通常惯例,当票写好了:民国五年六月十五日,押大暴牙左手掌一只,当纹银十两,当期三个月,过期不赎,所当之物归本铺所有。

大暴牙拿到银子和当票很是满意,他让刘梦奎拿来一只青花瓷罐,将砍下的手掌放进罐里,还封了口,嘱刘梦奎好生保管,就算过了当期也不可随意扔了。

大暴牙走了,刘梦奎却好半天缓不过劲来,周围的看客们望着大暴牙远去的背影,议论纷纷。

一个名叫罗二的前清秀才对刘梦奎说:"刘老板,只怕你的灾星到了,刚才那个人你没认出来?"

刘梦奎愣愣地看着罗二。

罗二说:"我看这人就是几年前那个猖狂一时的土匪头子马彪。"

刘梦奎不信:"马彪三年前就被官府抓住正了法。再说,我在官府的通缉文告上见过马彪的画像,根本没有暴牙。"

罗二直摇头:"可你没听说过,死了的那个是官府被上头逼急了找来的替死鬼,真正的马彪就长着两颗暴牙,可显眼了,谁见了也忘不了!"

罗二这话刚出口,好像马彪突然来了似的,众看客人人脸上变了色,顿时一个个溜之大吉。

刘梦奎这才意识到,更大的麻烦还在后头:这当票上写得清清楚楚,三个月之后马彪还要来赎当。眼下正是三伏天气,再过三个月,那被封在瓷罐里的手掌怕是早烂得只剩骨头了,还怎么给他赎回? 到时候他不弄你个家破人亡能甘休? 这马彪可真是心狠手辣呀!

接下来的这一天天,简直就是度日如年。刘梦奎越想越害怕,他一咬牙,决定离开这个是非之地,回老家甘县去。除了这只装着马彪左手掌的青花瓷罐,刘梦奎将没有到期的当品一一如数退还物主,连本钱也不要了,连夜就带着家人匆匆上路。

一路上,妻子几次要刘梦奎把青花瓷罐扔了,但细心的刘梦奎却防着万一哪天遇上马彪也好有个应付，所以一直不肯，任凭妻子怎么数落，他就是捧着罐子不撒手。

经过千里迢迢长途跋涉，一个月后，刘梦奎携妻带女回到了老家，此时他已经没了开当铺的本钱，于是就找了家药铺，在那里谋了个账房先生的差事。

后来，凭着一点点辛苦攒下的钱，刘梦奎终于在二十年之后，又重新在老家正街买下一间店铺，挂起了当年从芜湖带来的"信义典当行"的牌匾。这时，他已年过花甲，两鬓如霜。

这天，大街上有个散步的老人，经过刘梦奎新开的店铺门口，看到信义典当行的招牌愣住了。这位老人七旬有余，精神矍铄，满面红光。他身后还跟着一个汉子，年近六旬，看上去也十分壮硕，走起路来虎虎生风。

老人一步跨进店铺，朝铺子里的刘梦奎高声喊道："梦奎！你是梦奎！一别二十年，你认不出我了吗？"

刘梦奎吃惊地抬起头，对着老人端详片刻，惊喜地喊道："大哥，怎么是你？"

来人是刘梦奎的结义兄弟胡一亭，当年红透半边天的黄梅戏三庆班班主。他刚刚带着三庆班来甘县落脚，饭后到街上闲逛，突然看到信义典当行的招牌，这不是自己在芜湖的结义兄弟刘梦奎的店铺吗？怎么会开到这里来了？他觉得好生疑惑，走进来一看，果不其然！

故友异地重逢，胡一亭见刘梦奎一脸沧桑，新开的店铺也没法跟当年芜湖的比，便问他如何落到这步地田。刘梦奎长叹一声，便将二十年前马彪如何用一只手掌敲诈自己，自己又如何带着全家人逃回老家的经过，详详细细说了一遍。

跟在胡一亭后面的那个汉子在一旁听罢，大吃一惊，问道："刘老板，那个青花瓷罐您没有打开看过？"

刘梦奎苦笑道："一只土匪的脏手，看它何用？"

这汉子突然"扑通"一声跪在刘梦奎面前,"咚咚咚"叩了三个响头,额头都淌出血来,说:"刘老板,我对不起您,想不到我当年一个恶作剧,竟害得您吃了二十年的苦头。"

刘梦奎大惊,赶紧扶起汉子。

汉子急着问刘梦奎:"刘老板,当年那个青花瓷罐还在不在?"

刘梦奎说:"在呀,我把它从芜湖带回老家,不敢扔,埋在屋后的桂花树下。"

汉子喊道:"快,快去看看!"

汉子让刘梦奎指引着,立即将瓷罐从桂花树下挖出。刘梦奎打开一看,惊呆了,罐子里是十五根摆成手掌形的金条,金条下压着的纸条都已经发黄了,上面写着——

> 梦奎:
> 　　我欠你的情,也欠你的钱。你再三不要,可目前你身陷困境,做哥哥的又岂能置之不理?我只有让戏班里会变魔术的王老幺用这个方式给你。这下你不要也得要了!
> 　　哈哈哈……
> 愚兄:一亭　字

原来,当年胡一亭带着三庆班刚到芜湖时,只是一个乡下草台班,人称"花子班",但刘梦奎慧眼识珠,坚持给三庆班捧场,还不时出高价请三庆班到家里唱堂会,硬是帮三庆班在芜湖站稳了脚跟。后来,土匪马彪绑架胡一亭的女儿,借机向戏班索要五百两银子,此时胡一亭刚成气候,哪能拿得出这么多银子?又是刘梦奎仗义出手,硬是把胡一亭女儿从马彪手中赎了回来。

胡一亭是个感恩的人,戏班活路稍有起色,他就急着要将五百两银子还给刘梦奎,刘梦奎执意不收。后来三庆班发展如日中天,而刘梦奎的典当行生意却越来越清淡,胡一亭想帮刘梦奎一把,而刘梦奎心气极高,他只想凭自己的能力走出困境。

再后来,胡一亭应一家大戏院之邀,带着戏班去了上海,一炮打红后财源滚滚而来。胡一亭心里一直惦着芜湖的结义兄弟刘梦奎,怕他典当行的生意一天不如一天,要不了多久就要关张。他苦思良久,终于想出一个法子,让戏班里善变魔术的王老幺带去十五根金条,包装成物品假意当给刘梦奎。只要过了当期不去赎,到时候刘梦奎一看到里面的纸条就会明白是怎么回事了。

可谁知王老幺不但有一手会变魔术的绝活,而且他生性还喜欢开玩笑。本来,他打算将十五根金条藏在草帽里当给刘梦奎,不料坐船时江风将他头上的草帽吹走了,一时又找不到合适的东西,于是他灵机一动,便决定给刘梦奎开个玩笑吓吓他。他到芜湖之后去街上买来面粉和配料,在旅店里关起门来捏捏弄弄,把十五根金条做成一只手掌,又把自己装扮成马彪,然后就去刘梦奎的典当行里演了这出戏……

汉子哭着说:"刘老板,哪有什么马彪,那个大暴牙就是我呀!"

真相大白,刘梦奎、胡一亭和王老幺三个人紧紧相拥,抱头痛哭。

(黄廷洪)

(**题图:**黄全昌)

飞动的黑影

　　张浩是一家大公司的财务处长，前不久，他搭识了一位叫阿曼的漂亮姑娘，两人一见倾心，很快就苟合在一起，眼看着"墙内红旗不倒，墙外彩旗飘飘"，张浩很是得意。

　　没想到，阿曼另有所图，偷偷怀上了张浩的孩子，硬逼他与他妻子离婚。这一下，张浩是"傻小子爬上了老虎背"，上得来，下不去，一时陷入了困境。为了今后的前途，张浩考虑了三天三夜，决定快刀斩乱麻，冒一次险。

　　这天傍晚，张浩将阿曼约到火车站附近一家新开张的酒店，坐了一会，他借口天热，把阿曼哄到八楼阳台上。这里十分幽静，阳台的栏杆上挂着许多花花绿绿的气球，下面是火车道，远处一列火车正冒着白烟向这边驶来。

张浩悄悄地戴上皮手套,此时,阿曼正在他身后,玩弄着他那件皮大衣的装饰扣,这个女人就喜欢玩这种初中生的小游戏。

阿曼慢慢从背后转过来,调皮地问:"你猜我干了什么?"突然,她的笑脸僵硬了,随即变得非常恐怖,她看见了张浩那张杀气腾腾的面孔。张浩没容阿曼多想,用尽全身力气,猛地把她推下了阳台。阿曼还没有反应过来,就像寒风中的一片树叶,悄无声息地飘落下去,一直掉到火车厢顶部。

张浩掩身在气球丛中,看见火车渐渐远去,这才稍稍放下心,然后快步下楼,骑上摩托,一溜烟地跑了。摩托车在公路上疾驰,张浩脑子里像开了锅似的,前思后想,自己在行动中有没有露出什么破绽。拐上快车道时,突然,张浩借着路灯发现,在自己脑后一尺多的地方,有一个圆形的黑影紧跟着自己,你快它也快,你慢它也慢,仿佛是一个幽灵。张浩眼前顿时浮现出阿曼那张惊恐的脸,一时间吓得浑身发抖,只顾拼命向前飞驶。

这时,一辆中巴迎面驶来,两车交会时,张浩隐约从中巴车的玻璃上看到自己脑后确实有一个白晃晃的圆东西。难道是鬼?张浩浑身发抖,他强迫自己不要回头看,但越怕越想看,越想看越怕。他终于忍受不住,回过头去……

他看见黑暗中有一张苍白的飘浮不定的脸,正对着他阴阴地笑着,突然一束强光打来,那张脸几乎变成半透明的。张浩心中猛地一沉,赶忙回头,可是来不及了,一辆大卡车迎面驶来,只听一声惨叫,张浩被撞出十米开外,当场死去。

后来,交警勘察现场时发现:死者皮大衣后背的装饰扣上,拴了一只气球,尽管人车相撞,但气球竟然没爆,在风中一个劲地抖动。经查,这种气球是酒店为招揽生意定做的,每只上面都画着小丑的脸,说哭不哭,说笑不笑,阴阳怪气地看着这世界。

(莫　非)

(题图:张恩卫)

杀　狗

　　石马村南首的李旺,黑得像块炭,村上人却叫他"牙膏"。

　　那时农民还在生产队里干活记工分,牙膏不务正业,队里的活不想干,专干杀狗的活。

　　牙膏不上队里干活,自有他的道道:他杀了狗,不是给队长送个狗肚子,就是送挂狗肠子,小恩小惠行贿队长。有一回队长说要补补,牙膏就送了副狗鞭给队长,还说吃什么补什么。队长吃过狗鞭,拍着牙膏的肩膀连说管用。

　　有一回,牙膏转了几个村也没买到狗,下午早早就回来了。他没有走大路,却抄田间小道回家,路过玉米地时,听到有人说话,他躲进玉米地想看个究竟,没料想从玉米地里一前一后走出来的竟是队长和自己的老婆!

回到家，牙膏一把抓过老婆的头发，铁青着脸问："怎么回事？"

老婆说："他是队长，他打我的主意，我有啥办法？你不想干活挣工分，要不是队长给我记整劳力工分，你吃屎也赶不上热的。"

牙膏松了手，牙咬得"咯吱咯吱"直响，从此再没给队长送过狗鞭。

这天，天刚过晌，牙膏在小王庄买了一条狗，他费了好大的劲，才用绳扣把狗勒得咽了气，又用绳捆住狗的四蹄，用扁担一头挑起来，甩在背上。

牙膏回到家，喝瓢凉水，抽支烟，找出早磨得雪亮锋利的剔骨刀，准备剥狗皮。按当地的习俗，剥皮之前要挖个坑，将狗"埋"一会，借地气去狗腥，没想到那狗在坑里埋了一会儿竟还醒了过来，四蹄乱蹬，"汪汪"乱叫，吓得牙膏一蹦三尺高。

牙膏拿绳再去套狗，那狗龇牙咧嘴，套了几次也没套上。牙膏火了，骂道："你就是挨千刀的队长，我今天也得剥了你不可！"

牙膏找来铁叉，叉住狗脖子，狗头就动弹不了啦，但狗嘴仍"呜呜"直吼。牙膏一脚踩上铁叉，把狗脖子狠狠地叉在地上，再使劲踩，狗撒了几滴尿就不动了。牙膏怕狗没绝气，便两脚踩在铁叉上，使劲晃动，直到狗一动不动才罢手。

牙膏把狗嘴撬开，将绳子扣在狗牙上，朝树上一挂，狗就吊起来了！牙膏唾了一口，说："你是队长啊，我怕你是不是？"

牙膏说着，用刀割开狗的上下唇，从下唇中间顺着狗肚皮一刀划到狗腚上，狗皮划开了；然后，他将刀咬在嘴里，两手抓住狗嘴皮，猛地朝下一撸，那狗皮像脱件衣服一样，一下子撸到两条后腿上。

看着血红血红的没有皮的狗，牙膏突然一阵狂笑："队长的人皮，我也照样给他剥下来！"

牙膏准确无误地将狗肚子割开来,掏出内脏扔在瓦盆里,然后,就把剥皮开膛的狗扔在案板上,一边用剔骨刀卸着,一边说:"这是队长的左胳膊,这是队长的右胳膊,这是队长的胸脯,这是队长的后腰,这是队长的左大腿,这是队长的右大腿……"

接着,牙膏又恶狠狠地一刀将狗鞭割下来,咬牙切齿地说:"这是队长的狗鞭,我一刀断了你的'根'……"

牙膏正卸得起劲,堂屋门突然开了,牙膏的老婆一头蹿出来,跪在牙膏跟前,说:"不得了啦,他死了……"

牙膏没想到老婆在家里,着实吓了一跳,说:"谁死了?"

"队长。"

"队长在哪?"

"在我们屋里,你……你把他害死了……"

牙膏手里的剔骨刀"当啷"一声掉在地上,说:"我杀狗,没杀队长!"

牙膏是没杀队长,可刚才他在杀狗时,队长和牙膏的老婆正在里屋偷情,牙膏嚷着、宰着、剥着、卸着,把个队长吓得心惊肉跳、魂飞魄散。

后经法医鉴定,队长的胆破了……

(李　琳)

(**题图**:黄全昌)

午夜小贞来

　　夜深人静,陈露露在卧室里睡得正香,突然手机铃声大作,把她的美梦给搅了。她睡意蒙眬地取过手机,一看,是个陌生号码发来的短信:你睡了吗?

　　"无聊!"陈露露骂了一句,把手机关了,又重新钻进被窝。可谁知她刚要睡着,手机竟然又响了,而且铃声不是她原来设定的,变成了一种凄凄惨惨的声音!

　　陈露露顿时睡意全无:我刚才明明已经把手机关了,怎么会又响了呢? 而且铃声也变了! 她惊恐不安地环顾四周,房间里没有什么异常啊? 她傻愣愣地盯着那手机看了半天,才战战兢兢地伸手把它拿起来。一看,还是刚才那个号码,发来一条短信:我知道你醒了,为什么不理我?

　　陈露露不敢再关机了，想了想，颤抖着手按键回道：你是谁？这么晚了，找我有什么事？

　　短信一发出，对方立刻就有了回复：你好，我叫小贞，两年前死于非命，身首异处。我一直在寻找我的头，今天终于发现就在你家客厅里。请你把它还给我。

　　天哪！陈露露的心一下子提到了嗓子眼，她大气不敢出，身子缩成一团，眼睛惶恐地盯着门窗，生怕突然飘进一个无头鬼来。

　　这时候，手机又响了起来，不过不是短信，而是直接发出一串冰冷的声音："你不用害怕，我进不了你家，你家里杀气太重。正因为如此，我才请你帮忙，只要你把我的头扔出来就行了。"

　　陈露露此刻早已吓得魂飞魄散，如泥塑木雕一般，哪里还能动弹得了？她愣怔了一会，又听从门外传来一声幽怨的长叹，紧接着房间里就无来由地刮起一股阴风，将窗帘卷起，只见一个无头白影从窗前飘然而过，她吓得瞠目结舌，眼前一黑就昏了过去……

　　当正午的阳光投射到床上时，陈露露才迷迷糊糊地醒转过来，回想起昨晚的事情，她依然吓得心惊肉跳。

　　穿好衣服，正准备下床，突然，就见房门的锁竟轻轻地自己转动起来，陈露露的神经一下子又绷紧了：难道是男朋友高冰回来了？他不是说去外地出差，要明天才回来的吗？谁还会有这儿的房门钥匙呢？陈露露吓得连忙拉过被子将自己从头到脚蒙了起来，蜷缩在里面瑟瑟发抖。

　　只听门被推开了，有人朝床前走来，并且将手伸进了被子里，陈露露吓得一声尖叫，从床上弹起来："别，别，别……"

　　"露露，你这是怎么了？我只不过是想和你开个玩笑啊！"

　　惊恐万状的陈露露抬头一看，进来的原来就是高冰，她气得操起枕头就砸过去："你想吓死我呀，说好了明天才回来，怎么突然提前了?"

高冰比陈露露整整大十岁,见陈露露吓成这个样子,心疼地搂住她说:"我这不是想你嘛,所以事情一办好就赶回来了。"

这话挺受用,陈露露顿时消了气,偎依在高冰怀里,觉得有了一种安全感。她把昨晚恐怖的手机短信事件一五一十告诉高冰,还拿出手机给他看,可是奇怪,手机上竟然什么也没有!高冰宽慰陈露露说:"世上哪有什么鬼魂,你肯定是做噩梦!"可陈露露却坚信自己绝不是做梦,她要高冰陪她去外面客厅看看。

高冰是搞雕塑的,平时客厅就是他的工作室,他的所有作品也都放在客厅里。为了让陈露露彻底放下心来,高冰紧紧拽着陈露露的手,带着她在客厅里四处查看,还是没有发现什么异样。高冰笑陈露露说:"看你,紧张成这个样子,现在放心了吧!"

陈露露舒了口气,但不知怎么,她却总是轻松不起来。从此,她每晚总要高冰搂着才能入睡,到了夜半时分又总会莫名其妙地醒来,这时候就常常会听到卧室门外传来一声幽怨的长叹。不过奇怪的是,好几次,只要她把高冰推醒,这声音立刻就没了。这一来,她对高冰就更依赖了,一步也不想离开他。

可高冰这一阵却非常忙碌,因为要参加第二届国际人物肖像雕塑大赛。高冰对艺术的追求可谓执着,整天在客厅里构思人物造型,搭人体骨架,塑样坯,灌石膏。这次眼看着已经忙了将近一个月了,可他却对自己的参赛作品很不满意,怎么看都觉得这尊人物雕像缺少神韵。高冰心里烦透了,要知道,他可是上届比赛的金奖获得者,如果这次拿不到奖,岂不被人笑话?

这天临睡前,高冰搂着陈露露,目光突然在她脸上停住了。陈露露嗔道:"你干吗盯着我?"高冰回过神来,说:"太好了,你让我产生了灵感!"他喜滋滋地冲了两杯咖啡,端到阳台的小桌上,又打开唱机,说要和陈露露一起在美妙的乐曲声中欣赏夜景,他要好好庆祝自己找到了感觉。

　　高冰的情绪感染了陈露露,陈露露的脸上也露出了这些天来难得的笑容。两人在阳台上的小桌旁坐下,陈露露深情地看一眼高冰,就端起了飘着浓香的咖啡杯。

　　就在这时候,突然停电了,整个世界陷入了黑暗之中。"怎么搞的?"高冰嘴里嘟囔着。陈露露却反而有些窃喜:"这样也好啊,我们正好可以秉烛夜聊啊!走,你陪我去拿蜡烛吧?"

　　"对对对,我怎么没想到呢!"高冰拍拍自己的脑袋,随后就牵起了陈露露的手……

　　蜡烛点起来了,摇曳的烛光,浪漫又温情,高冰与陈露露含情脉脉地相视而笑,几乎是同时,举起了手中的咖啡杯。

　　咖啡入口,浓香不散。

　　陈露露正细细品味着,高冰却突然惨叫一声扑倒在了地上,陈露露慌忙放下杯子,要去扶高冰。就在这时候,一道白影从阳台外飘进来,横在她和高冰之间,陈露露抬头一看,这不就是那晚她收到恐怖短信时看到的那个从窗前飘过的无头白影吗?

　　陈露露不由颤声问道:"你……你为什么老……老缠着我?"

　　白影说:"我只是来拿我的头,顺便救了你。"

　　露露发现,这冷冰冰的声音,和那晚的一模一样,她觉得很奇怪:"你说你救了我?"

　　"对。你知道我是谁吗?我是高冰以前的女朋友小贞。他用花言巧语骗了我,又残忍地将我杀害,然后割下我的头,批上石膏后拿去参加国际大赛。今晚他又故伎重施,在给你喝的咖啡里下了毒,想用同样的办法去拿今年比赛的大奖。刚才的电是我断的,趁你们去拿蜡烛的时候,我把两杯咖啡调换了。"白影说完,走进客厅,取走了她的头像。

　　然后,电就突然来了。而此时,陈露露已经昏倒在了地上。

　　　　　　　　　　　　　　　　　　　　　　(朱章华)

　　　　　　　　　　　　　　　　　　　　(题图:黄全昌)

生死声响

　　大为集团老总胡大为最近有点胸闷,因为这段时间不少人向他反映,已进入收尾阶段的开发区一号楼,质量有问题。紧接着开工的二号楼现在已经暂时停工了,欠了民工不少钱,要是一号楼真有问题,这个烂摊子可怎么收拾?

　　傍晚,胡大为没和任何人打招呼,换上工作服,独自一人悄悄来到了一号楼工地,此刻离收工还有半个钟头,胡大为想进楼内去看看。

　　谁知突然冒出个头戴安全帽的瘦高个民工,把他拦住了:"你找谁?"

　　"我——"胡大为愣了愣,他在犹豫是不是要亮出自己的身份。

他反问对方："你是……新来的?"

瘦高个摇摇头："我原来在二号楼干活,现在那里歇工了,工头欠我们钱呢,说是让我们等着。嘿嘿,这边缺个看门的,我就顶班过来了,多干一点是一点。你呢,你来干什么?"

这个时候,胡大为觉得再亮自己的身份就有点尴尬了。他脑子一转,说:"我也是来找工头要钱的,快过年了,家里老婆、孩子等着这钱用呢!"

瘦高个同情地看了胡大为一眼,指指身后一块写有"施工危险、闲人莫进"的牌子,说:"这楼质量有问题,可不能让你上去。"他边说边将起袖子看了看戴在腕上的手表,"很快就下班了,你在这等会儿吧!"

胡大为当然不能等,他今天来工地的目的就是要进楼实地去看看,所以他对瘦高个说:"你看我,来一趟不容易,还是让我上去吧!"一说,一边就要往楼里走。

瘦高个急了,一抬手,将手腕上的表凑到胡大为跟前:"你看看,我不骗你,马上就到下班时间了。一下班,楼上的人就都下来了。"

瘦高个不给胡大为看时间倒也罢了,这一看,那马蹄铁似的手表,表壳上一道蚯蚓般的划痕,跳进了胡大为的眼睛里。胡大为顿时大吃一惊:这不是我十几年前捐出去的那块表吗?

那年冬季,胡大为发动公司员工为来自郊区贫困家庭的民工捐物献爱心,胡大为当时带头捐了不少东西,这块手表也是那时候捐出去的,因为表面上的一道划痕形状很特别,所以他不会忘记的。怎么会这么巧,今天这块表竟然会戴在这个年轻人的手上?

胡大为不由在心里惊讶着,感慨着。

他突然发现这块戴在年轻人手上的表好像走快了将近一个小时,他笑着对年轻人说:"你看你这表,老旧啦,现在才五点三十,你的表怎么就快要六点三十了呢?"

瘦高个给闹了个大红脸,辩白说:"你别看我这表老旧,可守时呢,我是想让你安心在下面等着,所以刚才趁你不注意,特地把它拨快了……"

"我知道,我知道,我是和你开玩笑的。唉,这年头,谁挣钱也不容易,你……你就让我快点上去看看吧!"胡大为继续"缠"着瘦高个。

瘦高个同情地看看胡大为,想了想,说:"好吧,看你年纪都快比上我乡下的老父亲了,讨点过年钱不容易,就让你上去看看吧。这是我头一回做人情,你上去了要找不到工头,可别怪我啊!"

胡大为点点头。

胡大为一步跨进门楼,正要上台阶,瘦高个急急地从他身后撵来,胡大为以为瘦高个改主意了,谁知瘦高个却把自己头上的安全帽摘下来递给他,说:"你戴上!"

胡大为心里一暖,拍拍瘦高个的肩,然后就把安全帽往头上扣。正在这时,突然他听到"啪啪啪"的声音,正在惊诧之间,脚下又突然一动,随即就是一阵"轰隆隆"的巨响。

瘦高个大惊失色,忙喊他:"快蹲下……"话音未落,"稀里哗啦"不知什么东西就劈头盖脸地朝他们砸了下来。

胡大为脑子里顿时"嗡"的一下,然后感觉像是被旋转了好几圈,就一下掉进了地狱,眼前黑漆漆一片,身子被困在一个很小的空间里,四肢根本伸展不得,蹿进鼻孔的是呛人的粉尘……

这到底是怎么回事?胡大为惊恐万分,虽然和建筑打了大半辈子交道,可这样的险情胡大为生平还是头一遭遇上。

他吃力地伸出手,试着向前摸了摸,竟摸到一块冰凉的玩意儿,他吓了一大跳,再向下一摸,是温热的手臂,他立刻想到:这一定是那个年轻人的手臂。

他正要开口，就听对方细弱的声音在问他："是……是你吗？"

胡大为赶紧回答："是我。你受伤了吧？"

"没事，脑子还能使。真对不起，让你碰上这倒霉的事，要坚持不让你上楼，该多好！"

"咳，快别这么说，是我对不起你！是我连累了你啊！"胡大为不觉有些绝望，"我们……我们能活着出去吗？"

年轻人说："听声音，塌的肯定只是我们顶上这一小块地方，还算好。你别怕，现在还没到下班时间，上面的人会来救我们的，咱俩肯定能活着出去……"

"真的？"胡大为满怀希望地问，"听你这口气，好像不是第一次遇上这种事情？"

"哪里的话。不过，我虽说是第一次遇上，可听我爹说过多次了。我爹他什么火焰山都过过！"年轻人对胡大为说，"看样子你是第一次遇上吧？唉，工头要不欠钱的话，这倒霉事儿我们就都不会遇上了啊！"

不知怎的，胡大为听年轻人这么说，忽然就感到胸口发闷，一阵针刺般的痛，看来心脏病要发了。

胡大为的心脏一直不怎么好，平时救心药是随身备着的，刚才来工地之前他匆匆脱了西装，换上工作服，却忘了把救心药从西装口袋里拿出来，现在要派用场的时候，药却没有了。

胡大为额头上的冷汗开始大滴大滴滚落下来，牙齿咬得咯咯响。

年轻人听到就笑他："你牙齿咬得这么响，是吓的吧？嘿，到现在这种时候，光怕有什么用？你还不如省点力气吧！"

但胡大为已经没有力气解释了，头开始昏昏沉沉起来。

年轻人像是感觉到了，问他："你没事吧？"

胡大为张了张嘴，却发不出声音。

年轻人突然就摘下手腕上的那块马蹄铁表,摸索着把它塞到胡大为的手心里,说:"我教你个法子,你把表放在心口,听,它'嚓嚓嚓嚓'的声音多有力!你跟着它,它响一声,你心里就念叨一下。试试,这办法挺灵的!"

这是什么法子?胡大为简直觉得不可思议,不过,他还是试着费力地把表贴在胸口。果然,随着那表"嚓嚓嚓嚓"不停歇的走动声,胡大为立刻觉得自己体内产生了一种有节律的颤动,他嘴里默默数着:"一、二、三、四……"他觉得自己的神志越来越清醒。

他喘息着问年轻人:"你……你怎么想出这个办法的呢?"

年轻人说:"我哪有本事想出这个来,表是我父亲传给我的,他在工地上干了一辈子,遇上过好几次危险,都是用这个办法对付过来的。所以我到工地之后,我父亲他第一件事就是告诉我这个,表也是那天他亲手给我戴上的。"

胡大为听了默不作声。

突然,他转了话题,问年轻人:"他们欠了你多少工钱没给呢?"

"唉,都欠了半个年头了。现在还说什么钱不钱的事,你快跟着数吧!"年轻人说完这话之后,就再也不出声了。

黑黢黢的狭小空间里,一片寂静。

过了一会,胡大为觉得不对:年轻人怎么一点声息都没有呢?他轻轻叫了两声,对方没有回答,他赶紧用手去摸,摸到的却是冰凉的胳膊。

胡大为急了:"你怎么啦?快,快把表贴到你自己胸口上去!"

年轻人下意识地动了动手指,用几乎很难听清的声音说:"我不瞒你了,我没有头盔,头上早受了伤,血一直流到现在,怕是撑不下去了。怪我刚才没拦住你,如果这块表能救下你的话,就好了……"

听着年轻人的声音越来越轻,胡大为的泪水忍不住夺眶而出,他想把表放到年轻人胸口上去,可是够不着。他恨死自己了,为什么不早点来工地察看?为什么不早点发现问题、解决问题?

就在这时候,胡大为听到头上有砖头石板被扒动的声音。有人来了!他激动地想叫想喊,可心脏突然一阵疼痛,眼前黑了下来……

再次睁开眼睛的时候,胡大为发现自己已经躺在了医院里,年轻人就躺在自己旁边的床上,已经有了气息。再一看,自己手中就攥着那块"马蹄铁"手表,但此刻它已经不走了,也不知是什么时候断的发条。

胡大为暗暗对自己说:"我永远不能再让我的民工兄弟们有机会用这样的'传家宝'了!"

（吴相阳）

（题图:王申生）

深海较量

　　昆塔和吉斯是一对盗海人，他们出海的目的，不是捕捉廉价的海鱼，而是采摘珍贵的玛瑙珊瑚。

　　这天，昆塔和吉斯早早就扬帆出海了。昨天他们在深海寻找玛瑙珊瑚时，在海底发现了一只古代的箱子，于是便连夜准备工具，今天直奔目的地而去。他们按照记下的坐标，准确地找到了那片海域。一切准备就绪，昆塔穿上自制的潜水衣，抬头看了看蓝蓝的天空，再次深吸了一口气，纵身跳下海去。

　　海底能见度很低，昆塔凭着过硬的潜水技术，很顺利地找到了那只箱子，他掏出准备好的缆绳，把箱子的提手结结实实地捆了起来。干完这一切，他拉了拉绳子，向海面发出了信号。

　　按约定，吉斯这时应当把他拉上海去，可绳子却一动不动。

昆塔又耐心等了一会,他刚想再次发出信号,突然,他感到一阵窒息,头盔上的皮管中再也吸不到半点氧气。昆塔眼前顿时金星直冒,他忙屏住呼吸,多年的潜水经验告诉他,这个时候一定要镇定。

近百斤重的潜水服使他根本无法浮上海面,再加上没有氧气,死神在一步一步向他逼近。昆塔从怀中摸出一只小瓶子,吃力地放在嘴边,猛地一咬,顿时,一股新鲜的氧气直入心脾,昆塔贪婪地吸了几口,迅速恢复了体力。

昆塔心中暗暗感激妻子,昨晚是妻子硬把从黑市高价买来的备用氧气塞给了他,并叮嘱他万万不能让吉斯看见,没想到还真派上了用场。女人就是心细!

昆塔也终于明白了,这不是意外,是吉斯向他下了毒手。昆塔当机立断,猛地拔出潜水刀,用锋利的刀刃刺开了潜水衣。冰凉的海水涌进来,巨大的浮力立刻把昆塔直送海面。

昆塔猜得一点也没错,正是吉斯放开了手中的转轮,割断了昆塔头盔上的这根氧气管。随后,吉斯又从船舱里拎出一大桶红色的液体,倒入海中。这种红色液体是海豹血,海里有一种虎鲨,嗅觉异常灵敏,闻到血腥味就会蜂拥而至。吉斯这种做法极其险恶——就算昆塔挣脱潜水衣也休想浮出海面,虎鲨会把他撕得片甲不留,昆塔根本就没有生还的可能。

为了这箱还未见过的珠宝,吉斯已经丧失了人性。

此刻,吉斯发了疯似的拽那条连着箱子的绳子,一点一点把箱子提上了船。箱子十分沉重,可吉斯却一点也感觉不出来,他提着箱子进了底舱,借着昏暗的灯光,贪婪地抚摸箱子的花纹。他猛地一拉箱盖,谁知箱子盖得很紧,没有打开,吉斯不甘心,于是走上船甲板想找一些工具。

谁知刚走近船舷,意想不到的事情发生了——海面上一条黑影闪过,不知是什么东西狠狠地夹住了吉斯的右腿。吉斯几乎懵了,他忍着剧痛定睛一看,只见一只足有井盖大的螃蟹趴在船舷上,正用大螯夹着他的腿,把他一点一点往海里拖。

吉斯脑袋里一片空白,他知道今天必死无疑。原来这个怪物叫食人蟹,是海里最可怕的杀手,平时不轻易袭人,但只要一闻到血腥,就立刻会变得暴躁和凶残,有时会把整只小船掀翻到海底,人一旦成为它的攻击对象,几乎就没有生还的可能。

"救命啊!"吉斯紧紧抓住船舷铁栏大声呼救,可此时此刻根本没有人的踪影,又有什么用呢?

吉斯绝望了。不知为什么,这时他想起了昆塔,他和昆塔一起出了十几年海,每次遇到危险,都是昆塔奋不顾身保护他,可是现在,昆塔已经死了,他是自作自受——正是他害昆塔的海豹血引来了食人蟹。

眼泪从吉斯的脸上滑落下来,他绝望地闭上了眼睛,手一软,松开了铁栏。正在这关键时刻,突然一把大斧头向食人蟹的大螯狠狠劈来,蟹螯被劈开了一条口子,食人蟹顿时松了劲,吉斯顺势收回那条血淋淋的右腿。

吉斯无论如何也不敢相信自己的眼睛——是昆塔提着斧子,像巨人一样站在食人蟹的面前。难道这是昆塔的鬼魂?就算他能挣脱潜水衣,躲过虎鲨,也绝没有可能从海里跃过近三米高的船舷爬上船来的啊?

昆塔一边用斧子抵挡着食人蟹的进攻,一边拎起吉斯把他推向底舱,随后,又勇敢地向食人蟹冲过去。食人蟹的巨螯向昆塔挥来,昆塔灵巧地跳过了,但巨螯上的尖刺仍狠狠地刺进了昆塔的胳膊。昆塔顾不上疼痛,冲到食人蟹跟前,对着这个怪物的背壳,用锋利的斧子狠狠地劈了下去。只见食人蟹的巨螯疯狂地挥舞着,可无论如何也打不到近在眼前的昆塔身上,只好大口吐着肮脏的泡沫,喷了昆塔一头一脸,最后,翻滚着落入海中。

昆塔当机立断,一个箭步冲进驾驶室,开足马力把电机船向近海驶去。因为他知道,受了伤的食人蟹会招来上百只同类,到那时就谁也对付不了了。

直到看见海边的绿树和房屋时,昆塔才长长舒了一口气。

昆塔走进底舱,他看到吉斯的脸色像死人一样灰暗,两人相对而久久无语,底舱里一片寂静。

昆塔终于说:"明天我们把机船卖了,钱一人一半。好好打渔,别再做这些既危险又违法的事情了。"

昆塔说完正想离开,吉斯猛地拽住昆塔,忍不住小声说:"我真不明白,你是怎么上船的,难道你生了翅膀不成?"

昆塔盯了他一眼,说:"吉斯,你听好,我告诉你,我妻子已经料到你会对我下毒手,所以事先给我带了一小瓶救命的氧气。但是她没料到你会斩尽杀绝往海里倒海豹血,成群的虎鲨疯狂地袭击我,使我根本无法浮上水面。无奈我只好重新潜回海底,躲进了那只箱子里。也是我命不该绝,正当氧气快用完时,你就把我当成珠宝拉上了船。你明白了?"

吉斯羞愧地低下了头。昆塔站起身,大步走向船头。

这时,吉斯从嗓子里挤出一丝比蚊子还小的声音:"昆塔——"

昆塔站住了。

吉斯咽了一口唾沫,说:"我对不起你。但是我很想知道,那、那箱子里的珠宝呢?"

昆塔猛地转回身,轻蔑地看着这个昔日的朋友,一字一顿地说:"上帝都在看着我们。那箱子是空的!"说完,头也不回地走了。

对于今天发生的事情,他再也不想向任何人提起。

(文　华)

(题图:箭　中)

秘 情 窥 探

只有对人类的最强烈的爱,才能激发出一种必要力量来探求和领会生活的意义。

虎口余生

　　王大明是动物园里专门负责喂老虎的饲养员,这天下午快下班的时候,花房的老刘带着一瓶烧酒、半斤花生米来找他,两个人云来雾去地一边神侃,一边喝酒。当一瓶酒快要见底的时候,王大明猛地想起今儿还没有喂老虎,连忙给大刘打个招呼,然后去饲养室拿肉。

　　拿来肉,王大明便用袋子提着,像往常一样打开虎舍的第一道门,接着朝第二道门走去。突然,他看到自己喂了六七年的老虎芳芳,正瞪着灯笼般大的眼睛,站在自己的面前!

　　原来,这虎舍共有两道门,进去第一道门后是一个两米宽、十米长的过道,然后是第二道门。平时,王大明在喂老虎前,总是先看看老虎的位置,如果老虎在第一道门到第二道门的中间,那就先用竹竿挑一小块肉,将老虎引到一边儿,然后,在笼外将第二道门插上后,再进去喂老虎,谁想今天王大明多喝了两盅,没有看老虎的位置便贸然进去了。

看着老虎瞪大眼睛盯着自己,王大明一下子呆住了,酒也给吓醒了。他缓缓地转过身,想慢慢走出虎舍,可刚迈了一步,老虎的前爪就"啪"地搭在了他的肩上,老虎口中呼出的热气直往王大明的脖子里钻。

王大明的身体一下子僵在那里:跑吧,肯定跑不掉;叫吧,又怕激怒了老虎。他只好带着颤声,轻轻喊着老虎的名字:"芳芳,下来,芳芳……"

但老虎根本不吃这一套,仍保持刚才的姿势,一动不动。

就这样,人与老虎陷入了僵局。

这时,大刘出来解手,看到虎舍中的这一幕,也惊出了一身冷汗。大刘平时帮王大明喂过老虎,他二话没说直奔饲养室,想拿一块肉引开老虎,但到饲养室一看却傻了眼:里边一块肉也没有。

这下大刘没了办法,透过铁栏,他看到里面的王大明此时已是满头大汗,浑身发抖。大刘为了不惊动老虎,蹑手蹑脚地离开了虎舍后,立刻去找动物园园长汇报。

园长一听,头皮发麻,抓起电话就找管麻醉枪的老赵。谁想老赵已下班回家了,往他家打电话又没人接,麻醉枪被老赵牢牢地锁在了保险柜里,更糟糕的是,钥匙只有老赵一个人有。

园长一脸苍白地望了望大刘,那眼神分明是在告诉大刘:悲剧是不可避免的了!

万般无奈之下,园长用手机拨通了120急救电话,急救中心的人说五分钟后赶到。

打罢电话,园长与大刘躲在一边,焦急地看着虎舍里的动向。

此时,王大明与老虎已僵持了近十五分钟,双方一直保持着十五分钟前的姿势,所不同的是,此时王大明的脸色发白,身体抖动得更加厉害。

突然,躲在一旁的园长和大刘惊呼起来,原来,王大明自己支撑不住,软绵绵地倒在地上了! 只见老虎一愣神,低吼一声,张开大口,猛地朝王大明的右手咬去⋯⋯

园长和大刘吓得捂住眼睛不敢看。谁想他俩却没有听到想象中的惨叫声,睁眼一看,原来,吓坏了的王大明一直拎着装有虎食的袋子没松手,老虎是在惦记自己的口粮啊!

园长和大刘这才长出一口气,他们想等老虎衔走肉后,再去救王大明。可说来也怪,以往老虎都是衔着食物躲到一边吃,可今天却偏偏不肯挪位,在王大明身边有滋有味地吃开了。

这时,急救中心的人也来了,他们和园长一起焦急地等着老虎离去。

终于,老虎吃完了袋里的肉。可它接下来的举动却让外面的人把心提到了嗓子眼儿:老虎在王大明的身上嗅来嗅去,没有一点想离去的迹象。不一会儿,老虎突然又张开了大口,"呼"地一声在王大明的腰部咬下一大块肉,慢悠悠地越过第二道门,往虎笼里去了。

完了,这下王大明的小命儿保不住了!

等大刘冲上去将第二道门关上后,急救中心的人七手八脚地将王大明抬了出来。奇怪:王大明身上居然没有一点血迹!

大伙儿正纳闷呢,王大明醒了。大伙儿围着他,指着他腰间被老虎咬破的衣服上的大洞,不停地追问,王大明这才红着脸向大家解释。原来他今天悄悄从虎食中扣留下了一大块肉,绑在腰上,准备带回家自己享用。

老虎其实一点不贪,叼走的只是它自己的口粮。

(赵希峰)

(**题图**:黄全昌)

老宅子里的脚步声

"黄山归来不观岳",这话赞的是黄山景色的奇美,可就这么一句话,却把绰号"胖头鱼"、"盐水鸭"和"蚊子"的三个大学生折腾得神魂颠倒,竟天天做起了上黄山的梦。

终于,三个人等不到放假,就迫不及待地悄悄结伴奔黄山。

可没想好事多磨,在县城汽车站转车时,盐水鸭和蚊子突然发现自己身上被扒手洗劫过了,身份证和好不容易攒下的钱全被偷了去,幸亏胖头鱼把三百块钱放在夹克内袋里,才幸免于难。

三个人,就剩这么一点钱,黄山肯定是去不成了,要不连学校也没法回。

胖头鱼只好苦笑着说:"算啦,就当我们这回是玩一次'生存游戏'吧!"

盐水鸭和蚊子你看我、我看你,两个人大眼瞪小眼,谁也没辙。

当天没有回程车,三个人只能在县城过夜。为了省钱,他们想找一家便宜点的旅馆,可是找来找去,都嫌价钱贵。

一个大嫂听他们如此这般一说,挺同情,就介绍他们到车站附近一个老太太开的小店去。

大嫂说,老太太家的老头子以前是国民党的一个团长,早死了,老太太现在就靠在自己老宅子里给过路人出租房间歇脚,赚点小钱。

三个人按着大嫂的指点找到老太太家,一问,果然价钱便宜,于是就决定住下来。他们在简单填饱肚子之后,就准备洗脚睡觉,第二天去赶早车。

可奇怪的是,三个人先后洗脚的时候,那老太太竟然不走,就坐在房间门口,捡起蚊子扔了的一张原来用来包鞋的报纸看。其实,说是在看报,那老太太的眼睛却老是往他们三个人身上瞟,直到他们都洗完了,才"哼哼哈哈"地走了。

三个人吃不准老太太这是什么意思,想想反正身上也没多少钱了,不怕她玩花招。

不过为了预防不测,胖头鱼提议当晚睡觉不要关灯,让100w的灯泡开个通宵,这样大家也许就不会睡得太死,万一有什么事也容易警醒。

话是这么说,可胖头鱼的话音才落,盐水鸭两只眼睛已经睁不开了,接着蚊子也打起了呼噜。倒是胖头鱼自己,虽有倦意,却仍强撑着,总觉得晚上好像会有什么事情发生似的。

胖头鱼正这么想着,突然"咚咚咚"有人敲门,他连忙下床,开门一看,还是那个老太太,眼珠子滴溜溜地直往屋子里扫。

胖头鱼问:"有事吗?"

"没什么事。"老太太缩回了头。

胖头鱼心里嘀咕了一句:"没事敲什么门?"

胖头鱼总觉得这老太太的举动有点怪异,他当机立断把盐水鸭和蚊子叫醒,说:"我看今晚不对劲,这老太太有点贼头贼脑,不像是个好人。刚才她来敲过门了,肯定是来看看我们有什么动静。我猜想这会不会是一家黑店?如果真是这样,这宅子里肯定就不止她一个人!"

盐水鸭和蚊子被胖头鱼这么一说,吓得脸色都变了,可一时又想不出对付的办法。

正在这时,窗外好像有响动,三个人竖起耳朵一听,千真万确,是那种穿着胶鞋"嚓嚓嚓"由远而近走来的声音。

三个人顿时毛骨悚然,直到这时他们才发现,这个房间的窗户是那种旧式的格子窗,窗上嵌着的六块彩色玻璃,最下面的一块缺了一大半,完全够人拿刀或棍子什么的伸进来。

此时,脚步声越来越近,越来越近,虽然很轻,但在寂静的夜晚听起来是那么恐怖。

终于,那声音在窗前停住了,三个人顿时感到好像大难临头似的,额上渗出一头冷汗,手心也湿漉漉的。

来的会是什么人呢?是老太太,还是她的手下?既然老太太做过国民党团长的老婆,说不定现在还藏着枪什么的呢!

三个人屏住呼吸,紧盯着窗口。从那个缺了一大块玻璃的窗洞往外看,可以清楚地看到,此刻窗外确实站着一个黑影,而且慢慢将手从窗洞里伸了进来。

这是一只干枯的手,五个手指长长的,像鹰爪一般,从窗洞里伸进来后,就直向窗下床边上伸去。

胖头鱼的那件夹克就放在床头枕边上,三个人统共剩下的那点可怜的钱全在里面。

三个人一看,真是急坏了:我们就这点儿钱,不能再被拿走了啊,否则连学校都回不去。可他们如果没捞到"油水",会不会要了我们的命? 不如索性豁出去和他们干了?

三个人的心紧张得都快要跳出来了!

然而就在此时,他们发现从窗洞里伸进来的这只干枯的手,并没有去摸床,而是顺着床边在墙上摸索,摸呀摸呀,摸到了一根线绳,使劲一拉,只听"啪嗒"一声,天花板上那只100w的灯泡顿时就灭了,屋里一片漆黑。

干枯的手随即缩了回去。窗外传来一声轻轻的嘀咕:"电费可涨了……"说话的,正是那个老太太。随后,"嚓嚓嚓"胶鞋的走动声越来越远……

屋子里,胖头鱼、盐水鸭和蚊子惊呆了!

(陶谨慎)

(题图:张　恢)

起死回生

阿南的老家在豫东平原，那一带风俗，凡遇上白事，都要请唢呐班来大吹大擂一通。请唢呐班的花费并不多，除去事毕送领班几条烟、几瓶酒之外，最多花上几千块钱便能把事儿全给办了，所以唢呐班很受乡里欢迎。

阿南小学毕业那年，因为家里穷，他爸妈把他送进了当时一个很有名气的唢呐班，经过一段时间的"闭气"修炼，能吹出几个调调之后，师傅就带上他正儿八经地"行走江湖"了。

说起第一次跟着师傅给人家办事儿的经历，阿南一辈子也忘不了。

那次办的是喜丧，死者是位老太太，来请孝的说，老人已经八十有三，走得很安详，走之前并无任何先兆。请孝的要求阿南他们第二天午后给老人下葬，于是，阿南跟着师傅当晚就往老人居住的村庄赶。

一路上，尽管有见多识广的师傅在前面引路，但走在漆黑一片的泥巴小路上，想着是要去给死者下葬，阿南还是觉得心惊胆战，毛骨悚然。

赶到死者家里时，已经是第二天凌晨了，阿南跟着师傅由一群穿白色孝服的人引进院门。只见偌大的院子中间，搭起了一个大棚，棚里亮着一盏汽灯，支着几口地锅，这是为即将开始的丧宴准备的，一些人正在忙着。

穿过大棚，走进堂屋，一口乌黑锃亮的棺材横在那里，棺材后面的方桌上，摆着老太太的画像。正前方的八仙桌上，放着拆了口的香烟和冒着热气的清茶，阿南知道，这是他和师傅就位的地方。

师傅在八仙桌旁的长凳上稳稳坐了下来，然后取出唢呐，在茶水里沾了哨，用嘴吮干水，便开始吹了起来。阿南壮起胆子，紧挨着师傅坐下，拿起比师傅小一号的唢呐，跟在师傅后面也"呜哩哇啦"吹起来。

师傅眯起眼，吹得很投入，阿南紧追慢赶顺着师傅的调，生怕吹错了，在众人面前丢脸。可是他一边吹，一边心里却在打鼓，拿着唢呐的手抖个不停。为啥，害怕呗！不管以前师傅怎么教，今天毕竟是第一次身临其境经历这样的场面，他怕棺材里死去的老太太突然爬出来，所以一边吹着，一边总时不时地去瞥一眼那口乌黑的棺材。

到天亮了之后，师傅和阿南的唢呐声把村里的男女老少都引来了，满满地站了一院子。阿南于是就觉得胆壮了不少，尤其是听到人群里有夸他和师傅吹得了得的，便更加得意起来，渐渐地，竟有些忘形。

一曲"怀娘"过后，师傅要歇息几分钟再吹下一段，阿南当然也跟着停了下来。师傅点了烟,悠悠地抽着,和身边的老头唠起嗑来,阿南不由又把目光投到了那口棺材上,心里感慨着,人死了就这样一个归宿,多少有些凄凉。

阿南正发着呆,突然听到棺材里发出"嗵"的一声,很沉闷的响声,他顿时吓得头发根根竖起:难道老太太真会爬出来?他拼命安慰自己:一定是听错了,一定是因为自己太紧张,产生幻觉了。可是紧接着,他又听到了更响亮的一声"嗵",吓得人一下从凳子上蹿起,全身的汗毛把衣服都支了起来。

阿南这个猛然间的动作,险些把正盘腿和他坐在一条长凳上的师傅摔下地来。

师傅气呼呼地训斥阿南道:"小孩子家,老实点,一惊一乍的,怎么回事儿?"

阿南结巴着对师傅说:"师傅,棺材里面……有动静,有……有人!"

"屁话!"师傅白了阿南一眼,"棺材里面当然有人咯。"师傅不屑地朝他撇撇嘴。

"不……不……"阿南战战兢兢地说,"是有人在里面敲……"

看到阿南一副惊恐万状的样子,师傅疑惑地朝棺材那边探了探头。

就在这时,棺材里发出了更为骇人的第三声"嗵"的声音,师傅没防备,"扑通"一声惊得从凳上摔到了地上,他手指着棺材,大叫起来:"活了! 活了!"

师傅的叫声把院子里的人引了过来,大家的目光都落在那口棺材上,只听从棺材里传出一阵"哼哼"的呻吟声,人们吓得惊恐地直朝后退,一些胆小的已经尖叫着夺门而逃。

"快拿寿杠来!"清醒过来的师傅此刻已经恢复了常态,向站在他旁边的几个壮汉喊道。

可那几个壮汉操起寿杠，却不敢朝前迈步。

呻吟声不断从棺材里传出，一声又一声，叫得人心里直哆嗦，师傅于是一咬牙，走了上去。

见师傅挑头，几个壮汉终于也跟了上去，一起把寿杠压在棺材首尾，牢牢按住。可是，呻吟声并没有消失，反而越来越大，一声声执拗地从棺材里钻出来。

"孝子呢？过来！"师傅大声喊道。

一个五十多岁的老头被推到众人面前，惊恐地望着师傅。

"是你娘的声音吗？"师傅问。

"是……"

"赶快问你娘，有什么话要说。"

老头颤抖着把脸贴近棺材："娘，您……您想说啥？"

此刻，在场人的心都提到了嗓子眼，又紧张又好奇，屏住呼吸，盯着棺材。

"三儿呀，是你吗？你怎么把娘关在这里面……"像是地狱传出的召唤。

人们开始骚动起来，那些更胆大的就往前挤，想看个究竟。

"不要怕！"师傅大吼一声，稳住阵式，让几个壮汉取下寿杠，他用力把棺材盖板推出一道缝，大声喊道："大娘，您这是鬼还是刚睡醒呀？"

"嗯，我想起来……"

"扶你娘起来！"师傅朝站在一边正不停地筛糠般抖着身子的老头喊道。

老头无助地望着师傅，不敢动作。

这时，一只干枯的手从棺材缝里伸出来，摸索着棺材的边沿。

"娘，您到底是人是鬼？不要吓唬儿呀！"老头带着哭腔喊道。

"我好像睡了很久哎！快扶我起来吧,三儿!"老太太一字一句清清楚楚地说着。

老头听他娘这么一说,终于鼓起勇气靠近棺材,抓住了娘的手,一会儿工夫,穿着一身黑的老太太,就被师傅和壮汉从棺材里扶出来了。

"我想吃点饭……"老太太像是赶了很远的路,刚刚回来。

于是,人群中就有胆大的小跑着给老太太端饭去了。

此时,阿南早已吓傻了,愣愣地看着眼前发生的这一切,像是在做噩梦。

"吓坏了吧?"师傅抚着阿南的头说。

阿南一下钻到师傅的怀里,不知怎么,他竟忍不住"呜呜"地哭了。

这件事后,阿南好像忽然长大了很多,"死亡"对他而言,不再是个遥远而可怕的概念。每次跟着师傅出去吹喜丧,他总会习惯地盯着死者安睡的地方,他真希望里头的人也能活过来,像那老太太一样,出来再好好地活着。

可是,这种事以后却再也没有发生过。

（孙东辉）

（**题图:**安玉民）

租房的经历

　　小王在单位附近租到一套房子,租金低得让人不敢相信。小王说是自己运气好,可单位里的人都说这里一定有原因,劝小王留个神。小王于是就疑上疑下起来:莫不是这房子里死过人吧?

　　果然,小王这天无意中听几个打拳的老头、老太在议论,说小区里一对小相好有一天不知为什么事情大吵了一夜,之后好像就再也没有见到过那个女的;而男的就开始天天深更半夜在房间里粉刷墙壁,在把房间重新装修过之后,也突然消失了。

　　他们说的该不会就是我现在租的这套房子吧?难道是这个男的把女的杀死后砌到墙里去了?

　　小王这么一想,就觉得后背阵阵发凉,再走进这套租来的房子里时,感觉就完全不一样了,总觉得好像有人在盯着自己。他吓得心里"怦怦"直跳,身子一软就倒在了床上,又突然发现床对面墙壁上的一片水渍怎么越看越像个人形,那姿势就好像一个女人挣扎着要出来的样子。

小王紧张得毛骨悚然,拉过被子蒙住头,动也不敢动。

这天夜里,他一直在做噩梦,梦见那对小相好在大吵大闹,后来男的一气之下用绳子勒死了女的,把女的尸体埋进墙里,女的一面挣扎一面大喊:"放我出来,放我出来!"喊声越来越凄厉,直到最后把小王给吓醒。

小王实在不能忍受这样的精神折磨了,也不知哪来的勇气,他"蹭"地从床上跳起来,操起一把锥子就去捣床对面的那堵墙。

捣呀捣呀,终于捣开了一个小洞,他看见洞里面,一只眼睛正瞪着他。

天哪,难道人们的传说是真的?

突然,那只眼睛变成了嘴巴,并且开始说话:"隔壁,深更半夜的,你挖我们家墙壁干什么?吃饱了撑的!"

（石　头　改编）

（题图:李　加）

恐怖的电梯

　　这天，朱莉娅在一家俱乐部碰到了一个老人，老人名叫萨巴什。当老人在交谈中得知四十五岁的朱莉娅还是个老处女时，就直言相告说，他是某国的王子，到现在尚未婚娶，如果愿意的话，他想娶朱莉娅为妻子。

　　这就是说，朱莉娅可以当王妃了。

　　朱莉娅知道，自己没受过多少教育，与萨巴什也不门当户对，他们的婚姻绝对不是什么爱情的结合，说白了，萨巴什看中的是她的处女身，而自己看中的是他的财富，各有所需罢了。

　　两人心照不宣，闪电般结了婚。

　　可朱莉娅万万没想到，结婚仅三个月，萨巴什就生病而死。

　　临断气之前，萨巴什交给朱莉娅一把钥匙，并告诉她，按照他们的风俗,朱莉娅必须在用作陵墓的府邸里住上一个月。作为报答,她将得到一块罕见的红宝石,红宝石就藏在府邸一个非常隐秘的地方,需要开动脑筋才能找到。

红宝石真是太美妙了,戴在脖子上一定光彩照人!朱莉娅一扫婚姻所带来的沮丧,开始想入非非起来。

几天后的一个下午,朱莉娅独自一人驾车来到了府邸。

府邸建在一个偏僻的地方,朱莉娅赶到那里时,已是傍晚时分了。朱莉娅把车停在私家车道上,顺手从手袋里拿出府邸的钥匙。

就在推开大门的一刹那,朱莉娅心里忽然涌起一股说不出来的恐慌,她这时倒盼望萨巴什原来的仆人还在里面。

朱莉娅定了定神,打开门,犹豫着走进主厅。萨巴什曾经在此住过一段时间,据说他是非常喜欢这个府邸的,因此这里还留下了不少萨巴什的痕迹,但也许是久疏人气的缘故,这里的壁毯、家具等都已散发出了霉味。

朱莉娅往里走了一两步,忽然不知从哪里吹来一股寒气,她不禁打了个寒颤。大厅太冷了,老房子把冬季囚禁在它的石头里,寒气好像从石缝中渗出,用无形的爪子抓住每一个走进来的人。

朱莉娅刚刚跨进门内,站在那里,黑暗就开始降临,阴影从各个角落爬出,不断扩大它们的领域,直到占领整座府邸。朱莉娅转动着眼睛,看见了电灯开关,就立即过去摁下开关,阴影开始一片一片地散去。

“喂,”她朝里喊了一声,“里面有人吗?”声音沿着面前的楼梯向上传去,但并没有人回应。

朱莉娅不知怎的,竟然一时冲动起来,她决定当晚就去作个地毯式搜索,尽快找到那块红宝石。她心想,一旦找到那块红宝石,她也不准备在这个鬼地方呆一个月了。

她先从底楼开始,从一间屋子搜到另一间屋子。

有间藏书室,里面装满了皮面精装的书,可能买来之后就没人读过,上面已蒙上了一层薄薄的灰尘。她想,红宝石不大可能藏在书房,于是来到另一间屋里,这里放的净是些马具,墙上挂着的是照片,壁炉上交叉挂着一对马球棍,散发着淡淡的马鞍气味……

底层已找了差不多了,可是还没有发现红宝石的蛛丝马迹。朱莉娅准备到楼上看看。

楼上第一间是育儿室,里面堆着不少豪华玩具,桌上摆放着一个小男孩的照片,朱莉娅一眼就看出这个小男孩就是萨巴什了。她拿起照片,想仔细看看,不料从照片后面掉下一张纸片,上面写着这样一句话:热。你感到热,亲爱的。

热?这是什么意思?她想起来了,这是萨巴什在给她提供线索,暗示她红宝石所藏的方位。

她开始搜查放照片的那个柜子的抽屉,可什么也没有找到。只是在另一张照片的背后,她看到了另一张字条,什么热呀热的,内容都相差无几。渐渐地,她似乎明白,照片或者与萨巴什形象有关的东西,可能会透露红宝石的秘密。

此后一小时,她寻遍了大半个府邸,专门在绘画和照片后面寻找留言,让她感到泄气的是,从内容上看还是猜不出藏宝的地点,上面基本上大同小异,总是说她热了,或者说她更热了。

最后,她来到一间起居室里,看到一幅与萨巴什真人一样大小的肖像,朱莉娅心中不由得一阵激动:对,红宝石一定是在这里!

她用手在画框边缘的四周摸索,果然,她找到一个按钮。按下按钮,只听"吱"的一声响,肖像画移到一边,空位置上出现了一部电梯。

电梯用来干什么?

朱莉娅绞尽脑汁地想着。对,乘电梯可以到达地窖,啊,红宝石就藏在下面的地窖里! 想到此,朱莉娅用颤抖的手点燃了一支烟,想稳稳神,可心还是在"怦怦"狂跳,打火机差点儿烧到了自己的手指。

朱莉娅揉揉眼睛,朝肖像画走近了一步,这时她看到了萨巴什眼中露出了一副古怪的神色,不由本能地朝后退了一步。

下一步怎么办? 她再转过头看看已打开的电梯。那电梯看上去好像是特制品,里面衬了丝绸,显得雍容华贵,说来也怪,这电梯对她来说就像有一种磁力,不知不觉间,她居然就跨了进去。

忽然,她眼前一亮,发现红宝石居然就在前面,镶嵌在电梯的按钮里。

她伸手便去拿那颗红宝石,就在这时,电梯缓缓关上了门,接着就是一声轰响,电梯启动了,向下降去。

朱莉娅心里一阵恐慌,生怕这电梯就此一路坠落下去。

然而,电梯并没有一坠到底,而是一级一级有节奏地往下降着。砰,电梯似乎着了底,朱莉娅心里的石头也落了地,她觉得自己刚才过于紧张了,她擦了擦额头上冒出的冷汗。

就在这时,从地底深处传来几下"咔哒、咔哒、咔哒、咔哒"的声音,接着便是一阵沉闷的吼声。朱莉娅刚放下的心重又提到了嗓子眼:这是怎么回事?

与此同时,她头顶上的扬声器里,响起了一种似乎不祥的音乐,前几天她在萨巴什的葬礼上听到过。

这时,她突然发现,这音乐声正陪伴着她随着电梯往下降。

这到底是怎么回事?

朱莉娅头上的冷汗"嘀嘀嗒嗒"直往下掉。这时候,电梯内的空气越来越热,每一分一秒都充满了不可言喻的恐惧,朱莉娅用力按按钮,想让电梯停止下降。

"你更热了,亲爱的!"这时,扬声器里传来萨巴什古怪的声音。

电梯还在下降,朱莉娅的喉咙像是被扼住一样,越来越热,越来越热,热得她无法忍受。

直到最后一刻,朱莉娅终于醒悟过来:萨巴什是个王子,按照他们古老的习俗,王子死时,要在柴堆上将王妃活活烧死。

也就是说,电梯正把朱莉娅送入一个火炉,在她开动电梯的时候,火炉也同时点燃了。

啊,明白了! 什么电梯,它实际上就是一具特制的活棺材!

此刻,朱莉娅心中充满了悔恨、恐惧、愤怒和无奈,"萨巴什,"她尖叫道,"你——"

炉内的温度足以熔化红宝石,将朱莉娅最后的声音也吞没了……

(李 华 编译)

(题图:箭 中)

事 出 有 因

生活里其实是没有观众的，生活
是最英明的审判官。

靠山村的狼爪印

　　地处戈壁尽头黑森林边缘的靠山村,近来突然闹起狼患。据亲眼目睹过的几个人说,每天差不多都是半夜时分,便见三只狼悄悄地进村,尖利的牙齿龇得吓人,灯泡儿般的眼里冒着绿光,血红的舌头一伸一缩,鼻孔里呼呼喷着冷气。它们这儿嗅嗅,那儿转转,一个夜晚围着村子转上那么几十圈,留下些密密麻麻的爪印后便走了。

　　尽管这三只狼并没有伤害人畜,但人们还是十分恐惧,因为狼总是狼啊,狼会吃人的理儿哪个不知道? 于是大伙儿就围住刚上任不久的村委主任,求他赶快设法打狼。

　　村委主任年方三十,血气方刚,心直口快,当下就组织起了一支二十个年轻力壮后生参加的火枪队,准备动手。

但，老村长却拦住了他们。

大伙儿都不理解老村长为什么会这样。

老村长若有所思地对众人说："你们想过没有，这黑森林一带也不只是咱一个靠山村，周围还有三四个村子，狼为啥不去人家那儿，只往咱们村里跑？这里头有没有名堂？再说，闹狼患闹了这么些天，那狼也只是半夜来转一圈就走了，没伤害人畜，打它作甚？"

听了老村长这番没油没盐的话，大伙儿都笑了起来：真是荒唐！狼没咬人就不该打？还非得等它们咬伤人畜，造成了血的事实，才动手打？这不是胡言乱语吗？这叫什么逻辑？

这个老村长呀，真是老糊涂了！

村委主任毕竟是有文化的年轻干部，虽然一时还弄不清老村长话里头的真正意思，但凭着他给老村长当过好多年助手的体会，他认为老村长这一番话绝不是信口而言。

这晚，村委主任来到老村长家，开门见山地向老村长讨教打狼的事。

老村长咂了半天烟锅儿，给他讲了一个故事。

老村长说，他年轻时在山里给一个大户人家放羊，那会儿，村里的羊都在这一带放牧。有一年春天，山里遭遇了一次罕见的狼患——每天太阳将要落山时，就从草丛中蹿出一只瘸腿的公狼，箭一般的冲过他赶的羊群，专门去咬另一群羊，咬死几只以后，就逃走了。这么过了好几天，天天如此，那群羊已被咬死了好几十只。牧羊童是个没爹没娘的山里娃，怕赔不起主人的几十只羊，便偷偷逃走了。

村委主任问老村长那是咋回事。

老村长说："咋回事？后来那群羊几乎全被那只狼咬死了。直到那时候，主人家才知道，他儿子曾无缘无故打死过一只母狼……"

这么看来,现在这三只狼总是夜半偷袭靠山村,会不会也有什么原因吧?

这天天亮,几个巡夜的后生来报告村委主任:"我们发现了情况!昨夜,那三只狼一直围着黄大头的小楼转,其中有一只大概是母狼吧,临走时还呜呜地哭……"

这黄大头名叫黄金财,是靠山村最近几年开金矿发了大财的暴发户。平心而论,黄金财这几年虽然自己发了财,可也为村里办了不少好事,他为村里的八户军属无偿送煤送菜,为学校改建校舍捐款,还雇人为村里打了一口三眼水井,为信佛的人整修庙宇。

按老话讲,黄金财也算是行善积德了吧,可那三只狼为什么要盯着他呢?

为了弄清原由,村委主任把这个任务交给了老村长。

老村长也觉得这是个事儿,搞不清谜团就没法研究对策,倘若盲目收拾那几只狼,弄不好以后会招来更大的麻烦,那后果真不敢想啊!

这日,老村长在明察暗访了几天后,盯着黄金财屋后密集的狼爪印久久地凝视着,他专注地看了半天,一拍大腿站了起来。

这时候,正巧黄金财骑着摩托车回来,他车子刚停下,老村长就没头没脑丢过去一句话:"你小子,有了几个臭钱就烧包了是吧?"

黄金财愣愣地看了老村长半天,打着哈哈说:"我也没做啥出格的事呀!"

"是不是你花大钱为你那千金闺女买了一条长毛金丝狗呀?"

"是……是买了……也就万把块钱么……"

"买了,就让她好好玩呀,怎么又不要那狗啦?狗哪去啦?"

"卖啦……"

"眼下你那闺女儿又玩啥了？"

"玩……"黄金财只吐了一个字，就好比喇叭断了电，哑了。

老村长直起腰，"吧吧"把黄铜烟锅头在门前的树上磕了几下，黑着脸训了起来："我说你这个黄金财呀，真是个有肝没肺的人——你有几个臭钱，好啊，干些正经事呀，别烧包啊！我说你们玩什么不好，还抓个狼崽子来玩，这不玩出祸来啦！今儿我把话给你挑明了——赶天黑，立马把那狼孩儿哪儿弄的送哪儿去！再要胡来，当心我揍扁了你！"

当晚，有人看见黄金财摩托车上捎了一个纸盒子，骑着出了村……

从这晚起，靠山村再也没有发现狼爪印。

（张怀德）

（题图：钱定华）

与狼同行

史可到报社报到的第三天,领导就交给他一项采访任务,去大青乡一个叫卧狼岗的小村,采访一位姓李的民办女教师。

史可坐了一天的汽车来到大青乡,一打听才知道,卧狼岗在这个乡最偏僻的角落,去那里还有足足一天的路要走,而且途中要穿越数十里的原始森林。史可心想:报社交给自己的这个任务,还真不轻松呢。

大青乡中心学校的王校长对史可道:"卧狼岗十岗九狼,要不要我们乡里派个人陪你去?"

史可想了想,问王校长:"李老师每次来乡里都要人护送吗?"

王校长说:"这个女娃子倒是怪得很,从来都是独来独往,胆子贼大!"

史可一听乐了:"李老师一个女娃子都不怕,我还怕什么?"于是他便谢绝了王校长的好意,独自一人踏上了去卧狼岗的山路。

史可走出老远,王校长像突然想起什么似的,手里举着一个包袱,边跑边喊道:"史记者,等一等……"他追上来说,"这个包袱是李老师留在我这里的,说学校万一有人要去卧狼岗,带上它,一路上便可逢凶化吉。"王校长一边说,一边拉开史可背上的采访包,把包袱放了进去。

都说山高出邪魔,史可本想笑话王校长一个文化人还信这种邪魔歪道,但见人家一本正经的样子,也就不好笑出声来。

史可告别王校长,没走多久就进入了林区,山越来越高,路也越来越窄,空气中仿佛真有一股浓浓的狼臊味。史可走着走着,心头不由自主地"扑腾"起来,他后悔不该谢绝王校长的好意,自己单独上路。

真是越怕越撞鬼,也不知什么时候突然传来"嗷"的一声嗥叫,史可顿时吓得魂飞魄散,他战战兢兢地循着声音望出去,只见对面山坡上赫然站着一条威风凛凛的麻灰色大公狼,两只狼眼目光如电,正紧紧地射向自己,那神态就像是猎人在欣赏掉入陷阱的猎物一般。史可顿时像被抽去了脊梁骨,一屁股重重地瘫坐在了雪地上。

大公狼像是存心要气一气史可,并没有急着向他进攻,只是远远看着他。

史可麻木的头脑渐渐清晰起来,他想起了自己身上的那个包袱。虽然他不相信在这深山老林里一个民办女教师真的能够未卜先知,有什么锦囊妙计,但眼下救命要紧,也只好打开包袱来看看。

史可打开包袱,不由大失所望,里面只有一件女式碎花小袄,还隐约散发着汗味儿。史可提起小袄一抖,掉出了一张二指宽的纸条。他捡起纸条,见上面写着一行娟秀的小字:如遇狼患,穿上此衣。

史可真是哭笑不得,人家诸葛亮用空城计古琴退敌,如今这个李老师竟然花衣退狼,也亏她想得出来!但史可这时横竖是"死马当活马医"了,他勉强把小花袄套在身上。

谁知那大公狼一见小花袄,顿时兴奋起来,一边望着史可,一边在空气中使劲地嗅着什么,突然,它一声长嗥,猛地向史可狂奔而来,史可吓得"妈呀"一声,拔腿就跑。

史可边跑边想:这包里装的哪是什么锦囊妙计,分明是引火烧身啊!也不知跑了多久,他跑到林中一块平地上,就再也跑不动了,干脆一屁股坐在地上等死。可等了好一会儿,大公狼并没有追上来,史可的心里才稍稍安定了些。可他马上发现,刚才这么一跑,自己的采访包跑丢了不说,连路也跑迷了!

这可了不得,在原始森林中迷了路就意味着死亡。史可不断地在林中摸索,直到天快黑时,他才发现一间从前伐木人废弃的小木屋,他决定在这木屋里住上一夜,第二天再想办法寻找出山的道路。

为了防止狼群的进攻,史可捡来许多干柴,在木屋前的空地上和屋内分别烧起两堆篝火。做完这一切,他又饿又累,靠在火塘边,不一会儿就睡着了。

半夜里,不知什么东西"咚"的一声将史可惊醒,他睁开眼,仿佛又闻到了一股熟悉的狼臊味,定睛一看,火塘中有一只野兔正烧得发出吱吱的肉焦声。原来那"咚"的一响,是这只兔子跌进火塘的声音。

史可用棍子拨拉出那只野兔,这才发觉兔子的脖子被咬断了,一只断颈的兔子怎么会跳进火塘?难道是山神爷显灵给自己送来充饥的?史可不管三七二十一,吃完兔子又埋头睡着了。

第二天早上醒来,更奇怪的事情发生了:他跑丢了的采访包居然被送了回来,而且就放在门外的火塘边。

史可背上失而复得的采访包,对着群山高声道:"是哪位好心的朋友暗中相助,请现身一见……"

但空山寂寂,他只好在失望中重新上路。

转了一大圈,史可还是没有找到出山的路,竟然又回到了昨晚宿营的木屋前。而且真是冤家路窄,他一头又撞见了昨天那条大公狼!可这次大公狼看见他并没有冲过来,而是低吼一声转身离开了木屋,它走得很慢,一边走一边回过头来向史可张望,还摇着长长的尾巴。

史可望着渐渐远去的狼影,心头不再像昨天那样害怕了。大公狼在林海小径的那头再一次停下,回过头望着史可,那神态就像一条温顺的家犬在等待自己的主人一样。史可不解地望着那条大公狼,一个念头冒了出来:它莫不是要带我走出这茫茫林海?

想到这里,史可便大着胆子跟了上去。

那公狼冲他一点头,然后又回身朝前走了。走了一段路后,史可发现林子越来越稀,路也越来越宽,大公狼果真是在给他带路呢!

中午时分,史可在狼向导的带领下终于走出了原始森林,那狼一直把史可领到一片平房前,才对着山岗一声长嗥,转身消失了。

不一会儿,李老师带着十几个学生奔出来迎接史可。史可原以为李老师是个仙风道骨的模样,没想一见面却大失所望,典型的山区农妇打扮,哪里有一点高人的影子?

李老师见到史可,第一句话就问道:"大记者,一路上没吓着你吧?"

史可苦笑着讲起自己这一路的奇遇,完了问李老师:"这究竟是怎么一回事?"

李老师和孩子们听了并没有立即回答他的提问,而是一个个望着他笑了起来。

史可往自己身上一看,发现那件小花袄还套着呢,忙红着脸脱下来,交给了李老师。

这时,一个孩子抢着说道:"你问的是风儿吧,它可是李老师的编外学生!"

"谁是风儿?"史可不解地望着李老师。

李老师解释道:"风儿就是那条给你引路的大公狼呀!"

史可听了更摸不着头脑:"我还从来没有听说过狼上学读书的呢?"

李老师笑了,招呼史可坐下,然后从头讲出了事情的原委。

这还得从卧狼岗建校的头一年说起,那时李老师才二十挂零,刚来到这所学校。

一天晚上,北风呼啸,大雪飘飘,李老师独自在学校的小木屋里备课。半夜里,突然响起了一阵打门声,李老师隔着门缝朝外张望,这一看不打紧,顿时三魂吓落了七魂,只见一只狼正支起身子用前爪抓打着木门,还不时发出低低的吼声。

学校离最近的人家有一里多路,又是这么个风雪交加的夜晚,呼救根本没有人能听得见,李老师把心一横,顺手拿起床头的一本书大声地朗读起来,算是给自己壮胆,捱得一时算一时。

那是本《安徒生童话》,李老师读着读着,奇迹出现了,屋外的拍门声渐渐地小了下去,再后来一点声音也没有了。

李老师不敢停下来,就一边朗读着,一边透过门缝悄悄地望出去,只见那狼坐在门外正竖起耳朵像小学生一样静静地听着,仿佛被动人的童话故事陶醉了。

李老师也不知读了多久,迷迷糊糊地睡着了,第二天醒来,那只狼早已走了。

　　有趣的是,此后隔个十天半月,那狼就来一次,每次来只要一拍门,李老师就为它朗读童话,一读,狼就安静下来了。

　　村里的人知道后,大家都说山里太需要老师了,连这里的狼都想要上学读书,都知道来找老师,何况那些孩子!

　　此后,李老师就算收下了这个不在编的特殊学生,还给它取了个名字,叫"风儿"。风儿呢,除了隔三差五地叼些野味来孝敬李老师外,还经常护送李老师的学生们上下学,保护他们免受熊瞎子的伤害。而且自从有了风儿,山里其他的狼都不来找李老师和孩子们的麻烦了……

　　史可像是听了一个童话故事:"怪不得你叫我穿上小花袄,风儿一闻到衣服上的气味,就知道我是你的朋友了。这么说,昨晚的采访包和野兔也都是风儿特意给我送来的?"

　　李老师笑着点头:"是呀,其实动物和人一样,都是有感情的,只要你善待它们,它们也会好好地对你呀!"

　　史可听了,激动地从李老师手中拿起那件小花袄,对着群山用力挥舞着,大声喊道:"谢谢了——风儿——"

　　"嗷——嗷——"苍莽的林海中传出了长长的狼嗥,像是对史可的回应……

(山　子)

(题图:魏忠善)

胡同恐惧症

　　小慧是红旗丝厂的下岗女工，近来参加了再就业培训中心的家政培训班，每天晚上去学校上课。

　　小慧放学回家必须经过六指胡同，那是一条偏僻的小巷，垃圾遍地，臭气熏天，路灯从来没见亮过，每晚小慧打那过，心里就直哆嗦。

　　这也叫：越是怕鬼，鬼就偏偏找上门来。这天，小慧放学回家，刚拐进胡同，就听有人低声喝道："站住！"一个男子突然从黑暗里蹿了出来，挡住了小慧的去路。

　　小慧当时就吓傻了："你要干什么？你要干什么……"

　　"别叫唤！乖乖拿出钱来！免得老子动手！"男子挥挥手，手里握着一把明晃晃的刀。

好半天小慧才回过神来,假装镇定地说:"六指胡同里住的都是平民百姓,哪有钱啊!"

"少说废话!"男子上前一步夺过小慧手里的坤包,又伸手去扯她挂在脖子上的项链。

尽管那项链是假的,但本能还是使小慧惊恐地大叫起来。男子赶紧去捂小慧的嘴,不料用力过猛脚下一绊,"扑通"摔了一跤,小慧趁着这个机会,一路哭叫着朝家里奔去。

丈夫阿明听到妻子走了调的哭喊声,知道出大事了,忙从家里冲了出来。

哭喊声也惊动了邻居们,大家手持棍棒,一同追出胡同,撵到偏街口,哪还见得到歹徒的人影?

一会儿民警来了,作了笔录,众人才渐渐散去。

阿明扶小慧上床,百般安慰,使她入睡。可是,小慧在梦中还是不停地抽泣,不停地磨牙,一次次地被噩梦惊醒。

为了排遣小慧心中的阴影,接下来的几天,阿明陪她去郊游,回娘家,听戏、看电影。可是忙了半个多月,效果并不明显,小慧每次经过六指胡同的时候,总是脸色骤变、浑身颤栗,即使在白天也是如此。一位同学提醒说,要彻底解决问题,除非让小慧亲眼看见劫匪被绳之以法,可这样的小案大多不了了之,这办法看来行不通。

这一天,阿明在晚报上看到一则报道,介绍本市一家心理诊所,阿明赶紧拿去给小慧看,劝她去试试。可小慧不相信:"什么心理诊所?还不是牛皮公司,咱不花那冤枉钱。"

阿明在旁边劝道:"还是去试试吧,我觉得心病还得心药治。"尽管有些不乐意,小慧还是在阿明的陪同下去了那家心理诊所。

诊所的主治大夫叫叶刚,是一位心理学博士,高高大大的,像个拳击手,他一边仔细询问小慧的情况,一边在电脑上作着记录。做完这一切,叶博士让他们在外面等一下。

又大约过了二十来分钟,护士过来对小慧说:"叶博士请你进去。"

小慧走进治疗室,叶博士叫小慧在对面的椅子上坐下,说:"根据你刚才讲述的情况,我在电脑里为你做了一个动画片,你愿意看一下吗?"

小慧惊奇地点点头。

随即音乐响起,幕布上投射出这样的画面:风高月黑,一位年轻女子吹着口哨,走进幽深的小巷,突然黑暗中跳出一个蒙面大盗,飞舞着明晃晃的钢刀,向女子直扑过去。女子惊叫着狂奔起来,突然,她的裙子被路旁的树枝挂住了,只听得一声脆脆的响,裙子挂破了,可是她顾不得那么多,仍然飞奔着,动作极为夸张滑稽,连蒙面大盗也忍不住大笑起来……小慧开头还有些紧张,后来也被逗笑了。

看完片子,接下来就是很随意的聊天,从法国时装谈到流行歌曲,从模特大赛谈到美国大片。末了,叶博士给小慧一本侦探小说,一本擒拿格斗教程,又送给她一根折叠式的短棒,叫她照着教程练习,短棒要放在随身的包中,片刻不离。叶博士还建议小慧最好去参加女子防身术培训,并定时来诊所复诊。

回家的路上,小慧问阿明:"那晚我的裙子被撕破了吗?"

阿明摇摇头说:"没有啊!"

可小慧还是不放心,回到家里就忙着翻看,果然没有。

小慧把就诊的事跟邻居们一说,大家一阵笑骂,有人说:"这博士真逗。"有人说:"这算什么医生,他能治病吗? 怕是没什么本事,哄人的吧?"

不过,小慧觉得叶博士的建议挺有道理,于是报名参加了文化宫举办的女子防身训练班。经过一段时间的锻炼,她的精神似乎一天天好起来了,只是每当经过六指胡同时,还是心有余悸,两腿发软。

小慧知道这病根还在,于是坚持按时去心理诊所。在那里,小慧还看了叶博士制作的其他一些动画,其中一次看的是母子俩在河边散步,一个歹徒抢走了孩子,柔弱的母亲突然爆发出惊人的力量,双手把歹徒举过头顶,远远地投向河中心。小慧从中感到了危急时刻母性的巨大潜能,也觉得浑身有了力量。但一离开诊所,走到六指胡同,她又会不由自主地害怕起来。

疗程已经多次延长,效果却并不明显,小慧有些泄气了。在一次治疗时,小慧对叶博士说,再治几次,如果还不行,就考虑搬家,离开这该死的六指胡同。

叶博士当时没说什么,可第二天就特意来到小慧家,鼓励小慧:"对治疗一定要有信心,因为'胡同恐惧症'一天不除,你心里的鬼就一天不会消失,搬到哪里你都不会太平。噢,明天白天我有点事,你吃过晚饭来吧,我尽量在那个时候赶回诊所!"

告辞前,叶博士又询问了小慧在防身训练班的情况,还让她表演了一套防身术。叶博士看了很满意,嘱咐说:"做贼心虚,这是贼的心理弱点。对强盗最具有心理震慑力的攻击,莫过于直接击中他的面门,面门受到攻击,心理防线就会彻底崩溃,从而失去攻击力,甚至束手就擒。"

尽管小慧对心理治疗失去了信心,可看到叶博士这样认真,觉得有点过意不去,决定再去治疗几次。

第二天傍晚,小慧如约来到心理诊所,叶博士却不在,护士小姐非常抱歉地告诉她,叶博士打过电话来,说他实在赶不回来,只能约在明天一大早了。

小慧有些失望,但也只好往回走,穿过滨江大道,拐进向阳小巷,再往前走就到六指胡同了,小慧心中那个鬼又出现了,她下意识地拉开坤包拉链,握紧短棒,还不停地对自己说:"时间还早,歹徒没这么早出来,别怕! 别怕! 来了就打他面门。"

就在这时,突然从墙角一棵树后面闪出一个蒙面大汉,挡住了她的去路。小慧倒吸一口冷气,猛地想起叶博士的话,一时间反倒镇定下来,她飞快地抽出短棒,"叭"的一声,短棒变长.顺势朝那蒙面大汉面门击去。只听"噗"的一声,那蒙面大汉应声倒地,双手捂着脸,身子痛苦地扭着。小慧还不解恨,想再揍几棒,却见那个蒙面大汉已爬起来,像兔子一样地跑出了胡同口。

小慧追了几步没追上,只好返身回家,再次经过六指胡同时,她突然感到好像丢了什么,想啊,想啊,哈哈,原来那个"鬼"丢掉了,莫名的恐惧消失了!小慧感到无比轻松,她一口气跑回家,告诉阿明这个又惊又喜的消息,然后又打电话给朋友,那种久违了的神采飞扬的神情,又出现在了她的脸上。

晚上,小慧和阿明商量,决定第二天去诊所,把这个好消息告诉叶博士,也向他表示感谢。

第二天一大早,小慧来到诊所,叶博士已经早早地等候在那里了,他身穿笔挺的西服,额上却粘着两块创可贴。小慧见他这副滑稽相,忍不住笑了起来。

叶博士不好意思地解释道:"昨天骑车摔了一跤!"

彻底摆脱了心理阴影的小慧显得更加美丽动人,她调皮地说:"叶博士,我的病好了,这回该你去看外科大夫了。"接着,小慧说了昨晚发生的一切。

叶博士听完,脸上露出既高兴又吃惊的表情,调侃道:"看来以后我可再也赚不到你的钱了!"他边说边伸出手去,"不过,我还是要真诚地祝贺你啊!"

小慧辞别叶博士,轻快地走下大理石台阶,美丽的身影渐渐融入了熙熙攘攘的人流中;而诊所里,叶博士用手轻揉着昨天被小慧棒打的伤口,又开始接待下一个病人了。

(叶天子)

(题图:箭　中)

阿狗奇遇

阿狗是土生土长的北京人，几年前下岗后一直没找到新工作，于是就靠开黑车养活一家三口。

这天清晨，他刚出车，就见有个女子站在路边向他招手。他把车开过去，在女子身边停下，问道："小姐，去哪儿？"

女子打量他一眼，说："我要去的地方，恐怕你不敢去……"

这话不寒碜人嘛！阿狗嘴一撇："只要给钱，有啥地方不敢去的？"

女子眉眼一挑："我要去哈尔滨接个人，然后再回来，你敢去吗？"

阿狗一听惊呆了：哈尔滨远离北京千山万水，谁会那么傻，不坐飞机不坐火车，既快又省钱，而要打的去呢？这女子十有八九是在开玩笑！

阿狗于是"啪"打开车门，也对女子开起了玩笑："别说是哈尔滨，就是俄罗斯，我也拉你去。"

谁知那女子一听，抬腿就上车，往阿狗旁边的位子上一坐，说："我老家在哈尔滨郊区，开到那里之后你可以休息几个小时，然后再帮我把人接回来。多少钱，你开个价！"

阿狗就有点吃不准对方的来路：她会不会是在玩自己，到时候让自己白跑一趟？

阿狗有点犹豫，决不定这生意到底要不要接。他试探着对女子说："你真要去，我就送你去，不过你得先把钱付了，多我也不要，一万！"

这女子瞪眼瞧了阿狗数十秒之后，"啪"打开随身挎着的小包，从里面摸出一沓钱来递给他说："行，不过这一路上的过路费就统统归你管了啊！"

女子这么爽快，阿狗不觉傻了眼，结结巴巴地问："你……你真要上哈尔滨？"

女子抢白他道："你这不是废话吗？不去哈尔滨，我给你钱干吗？真是的，快开车吧！"

女子越是催，阿狗越紧张：我这一万元是信口开河乱说的，她居然一点都不讨价还价，这么爽快就先拿钱出来？看来这里面有名堂。

这么一想，阿狗哪还敢接这个生意啊！

好汉不吃眼前亏！阿狗马上低下头，拼命给女子说好话："小姐，我以为你是在开玩笑，所以才说去。其实哈尔滨那么老远的，我可不敢去，你还是换辆车吧！"说完，他就把手里的一万元钱递了回去。

可人家女子不干了，非要阿狗拿双倍的钱出来赔她。

阿狗火冒三丈，忍不住冲女子吼起来："你想讹人呀？告诉你,这是在北京,我就不跑这一趟,你能把我怎么着?"

女子任凭阿狗一通吼,也不出声,却突然从包里摸出一把手枪来,然后又从衣袋里掏出一块手帕,细细地擦起来。

阿狗顿时吓得从头凉到脚,颤抖着身子说:"你把枪……枪口移开点好吗?要是走了火,我可就没命了。"

女子不理他,手里擦着枪,嘴里说:"我要去哈尔滨,听明白了吗?"

这意思还能不明白的?阿狗害怕真要惹怒了这女子,说不定自己的小命就没了,于是只好开车上路。

一路无话,走四环,上京哈高速,阿狗把车开得飞快,什么限速八十、一百一的,阿狗通通不管。要在平时,吓死他也不敢这么开,让摄像头拍下来还不被罚死?可此刻情况不同了,阿狗就是想用这种违规的办法让摄像头拍下来,这样如果警察追上来,他就有救啊。

可今天也不知是怎么了,就是不见警察一个影子!

不过,一路上这个女子倒也没怎么难为阿狗,只是在路过收费站的时候,才会紧张一下,用手枪顶住阿狗的后腰。阿狗本来还有点想法,想故意撞坏收费站的什么设备,然后喊救命,可被女子这冰凉的手枪一顶,只好放弃。

几个小时过去了,阿狗车子越开心里越害怕,而那女子却悠闲自在,车一过高速公路收费站,她竟把座椅的靠背一放,往后一靠,命令阿狗说:"你只管往前开,不许东张西望,更不许回头看我。"

阿狗肚子里直叫苦:这回完了,她时时刻刻能在背后盯着我,我的一举一动全在她眼睛里,可我却看不到她,她就是闭眼睡觉,只要不打呼噜,我就一点也不知道呀。

阿狗气得咬牙切齿,他想找机会逃生。

车一过沈阳,车子没油了,眼看前面有个加油站,阿狗提出要停车加油。

女子说："加油可以，不过你可别想跑。你跑得再快，也跑不过我的子弹。"

阿狗不傻，他才不想蛮干呢！

给阿狗的车加油的是个中年妇女，她问阿狗："加多少？"

阿狗打开油箱盖，对她使了个眼色，说："加满。"

中年妇女哪里知道阿狗被绑架，见他挤眉弄眼的样子，还以为他是个色鬼呢，就狠狠瞪了他一眼。

眼看油快加满了，阿狗急呀，他又对中年妇女眨眨眼睛。谁知那中年妇女还是没能领会阿狗的意思，厉声训斥他说："你少给我使眼色，我又不认识你，不会给你便宜一分钱的。"

倒是那女子在旁边觉出了阿狗的用意，冷笑一声，呵斥阿狗道："你少在这丢人现眼，见一个爱一个，真没出息。你再不走，我可真要急了！"

阿狗当然知道她说这"急了"的意思，他可不想被一枪打死，只好乖乖地继续上路。

车子过了长春，眼看着就快到哈尔滨了，谁知道这女子接下来会对自己怎么样，她会不会杀自己灭口啊？阿狗越想心里越慌。

正在这时候，前面路段上有警察在查车，一个警察挥手示意，让阿狗靠边把车停下来。

阿狗心里真是惊喜万分：来救星了呀！但他不敢流露出来，装作分外胆小的样子，问那女子："警察在查车，怎么办？"

女子坐直身子，用手枪顶顶阿狗的后腰，说："你要敢胡说八道，我就先一枪打死你！"

阿狗装作听话的样子，不住地点头。

车停下后，警察给阿狗敬了个礼，说："请出示一下证件。"

阿狗把自己的身份证、驾驶证和汽车行驶证全给了警察，并趁机给警察眨眼睛。

警察看了看他,会意地说:"你……身份证有问题,请下车接受检查!"

阿狗回头看看女子,女子只好让他下车。

阿狗脚一踮地,立刻大喊:"枪!枪!那女人手里有枪!"

说时迟、那时快,刚才正检查阿狗身份证的那个警察早已一步上前,把枪对准了车上的女子,厉声喝道:"别动,两手抱头,下车!"

阿狗心里那个乐呀,终于获救了!

说来那女子还真不是寻常之辈,只见她面不改色、心不跳,两只手抱着头从车上下来,脸上不仅毫无惊慌之色,还埋怨阿狗说:"你对我有气,骗人家警察干什么? 咱们两人的事,警察管不了。"

警察喝问她道:"你少废话,枪放哪了?"

女子哈哈一笑,说:"什么枪呀,那是打火机,在我包里呢。"

警察眼明手快,上去就把她肩上挎着的包夺下来。打开,拿出那把手枪,仔细地看了看,回头对他们队长说:"是把枪形打火机。"

这不是虚惊一场吗?

警察问阿狗:"到底是怎么回事?"

阿狗眨巴着眼睛,糊涂了,不知说什么好。

那女子趁机走过来搂住阿狗,对警察说:"他是我未婚夫,我带他回去见我父母。"

女子嗲声嗲气地对阿狗说:"哎呀,你就别生我气了嘛,不就是我妈想要三万元彩礼吗? 你答应她不就完了嘛! 好歹她把我这么个大姑娘给了你,你不吃亏呀!"

警察一听,真是又好气又好笑,挥挥手让他们赶紧上车,别再闹了。

这一来,阿狗简直气晕了,自己竟然被一个女子用一把假枪绑架到这么远的地方来!

上了车,他一踩油门,一路狂奔,越开越憋气,越开越冒火。只听"吱——"一声,还没开到目的地,他就把车停了下来,对女子说:"你下车,我不想再拉你了。"

女子怔了一下,突然成串的泪水"哗哗"流了下来。她哭着告诉阿狗说,她母亲后脊椎骨错位,腰不能动了,她想把母亲接到北京治病,可她家到哈尔滨市里有三百多里山路,坐长途车再转火车或是飞机吧,她怕母亲受这段山路颠簸之苦;有小车的话,人就舒服多了。可她在电话里告诉母亲说要打出租来接,母亲心疼钱,说什么也不让;没办法她才想到用打黑车的办法,这样就可以骗母亲说这是朋友的车。但那些司机一听说去哈尔滨,没一个敢来,路太远了嘛! 她好不容易碰上了阿狗,这才借助这枪形打火机使了个权宜之计。原本,这玩意儿她是用来给自己防身的。女人跑长途,更不容易呀!

女子把话说完,又给阿狗赔礼道歉了半天,可阿狗还是铁了心要赶女子下车。在阿狗看来,女人的眼泪算什么,谁知道她是真是假?

女子生气了,说:"你要让我下车也成,你把一万元钱还给我。"

一听要还钱,阿狗就软下来了,毕竟他开的是黑车,如果女子把他告到警察那里,他有什么好结果? 唉,想想这多半的路开也开了,万一她较真起来,别说自己一分钱得不到,恐怕连回去的过路费和油钱都要赔进去哩!

阿狗长长地叹了口气,嘀咕说:"哼,就是拉你,你现在也得给我下车。"

女子不解地问:"为什么?"

阿狗嗓门响了:"开这么久,我还没吃一口饭呢!"

女子一听,"扑哧"一声笑了。

当他们填饱肚子再次开车上路时,女子又把座位的靠背往后放了下去。

阿狗说:"你现在不用盯着我了,怎么还这么坐呀?"

女子笑笑说:"我这是在做试验,看我妈这么长时间躺着舒服不,哪里是在监视你。你这个人哪,可真够笨的!"

阿狗自叹不如:我是够笨的。不笨,怎么会让你拿把假枪就给绑到这里来了?

更倒霉的事还在后头。回到北京没几天,石景山、海淀、朝阳和通州四个区的交通队,都给阿狗发来了超速行驶的罚单,细看时间,正是送女子去哈尔滨的那天。

阿狗气得哇哇直叫:"我的妈呀,足足罚掉四千多元哪!"

(张开山)

(**题图**:魏忠善)

雨夜惊魂

　　晚上，乔治和妻子玛丽开车去约克镇，参加朋友哈瑞的生日宴会。两地相距不但远，而且途中还要经过一条乡间小路，那里的路灯幽幽地闪烁着，简直像鬼火一样。

　　这天，天上下着雨，北风呼呼地刮着，特别寒冷，乔治打开车上的收音机，想和玛丽一起听听优美的音乐，打发这段漫长的路程。

　　突然，音乐被打断了，广播一则新闻："约克镇警察局紧急通告：今天下午，有一个名叫约翰的病人从镇精神病医院逃走。此人极度危险，两年前因疯狂残杀六人被捕，后转入该院治疗。警察局通令全镇居民：在家锁好门窗，外出路上小心，一旦发现该者行踪，立刻报告。"

玛丽听了不由打了个寒战："太可怕了,我们会不会遇上他啊?"

乔治安慰说:"怎么会有那么巧呢?再说了,咱们不还有车嘛,怕他干吗?"

可他话音刚落,车就突然停下,怎么也发动不起来了。"见鬼!"乔治嘴里骂了一声,下车一检查,原来是引擎出了故障。

乔治对玛丽说:"你在这儿等着,我去附近找找,看能不能找到个修车的地方。"

玛丽紧张极了,紧紧抓住乔治的手说:"不,我不让你走,我一个人害怕。难道你忘了刚才广播的吗?"

乔治拍拍她的肩膀说:"别害怕,听我的。你藏到后座上去,锁好车门,没有人会看见你。我回来后,在车顶上敲三下,你就开门。记住,亲爱的,你听到车顶上三声响,就给我开车门。你放心,我会小心的!"

说完,他吻了一下玛丽,随后就打开车门跳下去,一头扑进雨中,很快就被黑夜吞没了。

玛丽也迅速锁好车门,按照乔治说的,躲在车后座上,开始了漫长的等待。

四周黑漆漆的,静得出奇,玛丽心里不禁慌乱起来,她赶紧拿出一盘音乐磁带,塞进"随身听"里,把音量调大,借此为自己壮胆。

这一招果然有效,她很快就忘记了周围的一切,沉浸到音乐中去了。没过多久,她感到又累又困,迷迷糊糊地睡了过去。

突然,一阵敲击声把她吵醒,那声音就像是从车顶上传来的。玛丽连忙关了随身听,正要打算开门,忽然想到乔治说过要敲三下的约定,怎么这声音"砰……砰砰……砰……"不止三下啊?

会不会是别人在敲?一想到别人,玛丽耳边就又响起了那广播里的声音,她顿时恐惧到了极点,虽然强迫自己保持镇定,可身体却一直在颤抖,而那"砰砰砰"的敲打声还在断断续续地响着。

玛丽在恐惧中煎熬着:"乔治去哪儿了?为什么还不来接我?难道……"

天哪,这样折磨下去,非得把人变疯不可!于是玛丽鼓起十二分勇气,战战兢兢掏出手机,给乔治打电话。因为太紧张,她几次键都按错了。

最后总算拨对了,可电话那头却一直是"嘀——嘀——"的声音,没人接听。玛丽知道乔治是从来不关手机的,看来一定是出事了,她顿时吓得毛骨悚然,晕了过去。

不知过了多久,迷迷糊糊中她听到有警笛声,"是警察!警察来了!"玛丽从车后座上惊坐起来,朝车窗外一看,此时她的车已经被四辆警车围了起来,警灯刺眼地闪烁着。

一位警员走到车前,示意玛丽摇下车窗,对她说:"这位女士,您已经安全了,现在请下车,到我们警车上去。请您一直朝前走,别回头!"

玛丽一听,立刻打开车门下车,跟着这位警员朝前走。快走到警车跟前时,她实在抑制不住好奇心,于是就把头转了过去……

天哪!她差点栽倒在地。只见乔治正直挺挺地挂在自己这辆车上方的树上,一根绳子牢牢地勒着他的脖子,风吹着他的身体来回摇摆着,他的脚每触到车顶时,就发出"砰"的声音。原来,在玛丽睡着的时候,那个杀人狂就把乔治杀死了,然后把他吊在了那棵树上。

(赵永杰)

(题图:箭　中)

义 无 反 顾

　　谁能把生死置之度外,他就会成为新人。谁能战胜痛苦和恐惧,他自己就能成为上帝。

老弓腰挺腰

　　"老弓腰"是一个人的外号，因为他是个老头子，腰弯得像弓。别看他现在一副窝囊相，年轻时候一杆土枪闯大山，是这一带有名的猎户。后来年纪大了，野兔也不那么多了，老弓腰就封枪不干了，那杆跟随他几十年的土枪就藏在堆杂物的顶棚上，早生了锈了。

　　今天，老弓腰从顶棚上扒出多年不用的土枪，又费了半天劲，把它收拾得像当年的样子。他端枪向远处瞄着，心里却怎么也找不回当年的感觉，眼发昏，手直抖。

　　他要干什么？莫非还想卖卖老，上山去打野兔？不，他要用这杆枪打人。

　　这事儿说起来话长。

　　山里人烟少,老弓腰一个人孤零零地住在半山坡上。有一天半夜时分,有人叫门,说是走路的,口渴了,找口水喝,老弓腰心地善良,给走路人行个方便,他觉得是自己义不容辞的事,就马上点灯起床。哪料到门刚打开,"忽隆"一声闯进来三个蒙面人,油灯被打翻,屋里漆黑一团,一支硬邦邦的东西顶住他的脊梁,身后"咔嚓"很清脆地响了一声。

　　玩过枪的老弓腰明白,顶住自己脊梁的是枪口,那清脆的响声是扳枪机的声音。

　　只听一个哑喉咙压低声音吼道:"老家伙,你要钱还是要命?"

　　老弓腰早已被这突然袭击吓坏了,腰弓得更弯,嘴也变结巴了:"要……要钱,不,要命,我要命!"

　　黑暗中,一只手端了端老弓腰的下巴:"把钱拿出来!"

　　"我没钱。"

　　"哼,老家伙耍滑头。你前几天卖了头牛,钱哪里去了?"

　　"借给东山马二怪买小拖儿了。"

　　"那就算了,咱不要钱了,要你的老命吧。开枪!"

　　老弓腰觉得脊梁直发凉,他哀求道:"千万别开枪! 我还剩三百块钱,在枕头下压着。"

　　一个蒙面人很快从枕头下翻出钱来,然后吹了声口哨,三个人立刻"咕咕咚咚"跑没影了。

　　老弓腰坐在地上喘了半天气,才慢慢爬起来。这个没见过世面的老山民不知道报案,他只能自己安慰自己:"算了吧,破财消灾嘛!"

　　可是,老弓腰没安乐几天。

　　这天又是半夜时分,三个蒙面人又撬开了他的屋门闯进来,一支硬邦邦的东西又顶住了他的脊梁,"咔嚓"又是清脆地响了一声。那个哑喉咙再次压低声音吼道:"老家伙,再拿几个钱来!"

老弓腰家里没钱了,跟这些没人性的东西又没理可讲,就把心一横,等他们开枪。

可他们偏不开枪,一个瘦高个子掏出个打火机,"咔嚓"打着了,举手伸向了堆杂物的顶棚,说老家伙屋里老鼠多,要替他撵撵老鼠。

老弓腰不能眼睁睁看着房屋被烧掉,这是他半生的心血,他只好答应到邻居家去借。

于是哑喉咙用绳子牵着他,出门走了多半里路,喊亮了最近一户邻居的窗。哑喉咙给老弓腰松开绑,警告他说:"你别耍滑头,我们有枪,在外面瞄准好了,你敢歪歪嘴,就开枪打死你的邻居,叫你有口说不清。"

老弓腰怕连累邻居,就没敢歪嘴,只说是买牛缺钱,从邻居家借出来三百块钱,给了他们。

他们得了钱,又"咕咕咚咚"跑没影了。

都说老实人被逼急了也会发火,老实人一旦发火,可比一般人要厉害。老弓腰两次遭抢,凭感觉他知道,这三个强盗还会再来。

哼,凡事不能做绝了,只有再一再二,不可再三再四,你要敢第三次来抢,老子就不客气了!老弓腰憋着气,把多年不用的土枪从顶棚上找出来,修理好,往枪筒里装上火药,想了想,却没装铁砂,大概他还想给三个强盗留条活路吧,然后把枪藏进了茅房。

这伙蒙面人大概觉得老弓腰软弱可欺,也大概觉得抢钱很容易,过了几天,他们果然又在半夜时分破门而入,"咔嚓"枪又上了膛火,打火机伸向棚顶,又要替老弓腰撵老鼠。

老弓腰把腰挺了挺,答应到另一家邻居去借钱,哑喉咙又用绳子牵住他。

出了屋门，老弓腰说他要解手，哑喉咙谅他飞不脱，就给松了绑。不一会儿，老弓腰从厕所里出来了，手里多了一件东西，当然就是那杆枪了。三个蒙面人借月光一看，立刻吓懵了。

老弓腰挺着身子，闷声闷气地喝道："都别动，我崩你们个兔崽子！"话音刚落，"咚"对准他们开了一枪。

枪声过后，老弓腰端着冒烟的土枪，愣站在院里。等了好一阵，又等了好一阵，一点动静都没有了。

人呢？三个畜生都逃啦！

老弓腰老眼昏花地走出院门，忽然，他被一件东西绊住了，拣起一看，是支枪，是木头做的假枪。走了几步，又踢到另一件东西，拣起一看，是算账用的算盘，拨一下珠儿，"咔嚓"声音很清脆。

老弓腰气得将那玩意儿用力一摔，"啪"珠儿立刻四下滚散。"狗日的，用这号东西唬人！"

老弓腰捶着自己的脑袋直骂自己："你这个老糊涂，打了半辈子狡兔，如今反被兔子打了！"

他骂骂咧咧进屋的时候，"咚"脑袋被门框狠狠碰了一下，疼得直"哎哟"。

疼劲过去后，他突然想到，自打腰弯以后，门框从来没碰过头，今天怎么中邪了？

他仔细看了看门框，没发现有什么异常。当他审视自己的时候，却一下子惊呆了："我的天啊，我这弓了七八年的腰，咋又挺直了？"

（吴庆安）

（题图：蔡解强）

地狱的回声

　　这天晚上,已经退休的市委书记李云鹤,打破了已经多年养成的平静的生活习惯,时间已过半夜,他还在客厅里踱步,为他的老部下、电业局长顾鹏程的英年早逝而感伤着。

　　顾鹏程是他在位时一手培养的干部,聪明、干练,办事大刀阔斧,担任电业局长后,整顿干部队伍,修订规章制度,规范职工素质,没有多久,就把庞大的电业系统治理得有条不紊、顺顺当当。当然,在治理过程中下面也时时有些反映,甚至也出现过一些职工联名告状的风波,但是事业型干部总难免得罪几个人,招致一些非难,顾鹏程在领导的支持下,还是很有能力地解决了这些问题。

　　李云鹤知道,顾鹏程在事业上一帆风顺,但近三年来家庭生活中却连遭不幸。先是妻子因患癌症不治身亡,紧接着唯一的先天性傻儿子又莫名其妙地得了白血病,从而一病不起。再后来他自己也无缘无故地得了怪病,虽经医院反复诊断治疗,但毫无效果,人一天比一天消瘦,一百四五十斤的体重,短短三个月竟成了七八十斤的一副骨头架子,最后两腿一伸也走了。现在全家只剩下一个过门刚满三年的儿媳,据说也患上了严重的再生障碍性贫血,看来生命也是朝不保夕。

想到这里,李云鹤心情沉重。抬头看墙上挂钟已是凌晨两点,他摁息烟头准备回卧室休息。恰在这时,电话铃声骤然响起,他拿起听筒,送话器中传来一个喑哑恐怖的声音:"你还在怀念你的老部下吧? 明天请到绿茵小区5号别墅、红玫瑰庄园12号别墅和贵族公寓218单元,顾鹏程在那几处地方恭候,请千万别错过机会!"那声音似从缸瓮中发出,辨不出是男声还是女音,在静谧的三更时分显得格外的阴森恐怖。李云鹤虽是个无神论者,但此情此景还是让他毛发陡然耸立,额头上不由渗出了涔涔冷汗。当他回过神来想追问对方身份时,电话机中已只剩下"嘟嘟"的空音。

李云鹤一夜未能入眠。第二天早上几经犹豫,还是决定先按电话上说的去那几个地方看看再说。绿茵小区他知道,当年落成时,他还亲自去剪过彩,那儿住的都是在经济大潮中有点名堂的人物。李云鹤试着按响了5号小楼的门铃。

门打开了,走出一个身着丝质睡袍,涂着猩红嘴唇的艳丽女人。她一见李云鹤就连珠炮似的说:"哟,你是律师事务所的? 一清早接到你们的电话我就来气。我承认我和顾鹏程同居,但我又没有结过婚,要说重婚也是死鬼顾鹏程的事,和我一点也不搭界。至于这房屋,还有房屋里的一切,虽说是他给我买的,但产权一开始就属于我的,不信你们可以查看房产证、单据、发票……"说着,她转身去拿准备好的材料。

趁着这时刻,李云鹤环视了屋内的一切:高档真皮沙发、纯羊毛波斯地毯、立式空调,这豪华奢丽的巢窠,总价值不会少于百万元;而一个月薪不到两千的局长,哪来巨资购买这一切,还养着情妇?他顿时觉得一股无名怒火在胸口撞击。

李云鹤一分钟也不想再耽搁下去,他顺着这女人的误会敷衍几句,转身出了门。他在室外狠狠地深呼吸了几下,平了平气,又按昨晚的电话线索赶到红玫瑰庄园 12 号别墅。使他瞠目结舌的是,那儿的情景几乎是绿茵小区别墅的翻版,所不同的是,别墅中养着的竟是一个西江大学毕业仅仅三年的女学生!电话中提到的第三个地方他觉得已没有必要再去了,还是留给组织去调查吧。

当天晚上,李云鹤在书房里提笔想给纪委写信,可是许久许久写不下一个字。他自认为自己几十年在领导岗位上光明磊落,问心无愧,特别是在干部培养和使用方面,更是谨慎小心,可万万没想到顾鹏程这个他最为信任器重的干部,竟是这样的一个两面人!

他重新铺开信笺,想先给党委写一份检查,正当此时,电话铃声响了,抬头一看,差不多是昨晚来电的同一时间,电话里又是那个喑哑冷森的嗓音:"你见到真正的顾鹏程了吧!"一阵凄厉的笑声响过,那声音继续说道,"明天到顾鹏程家里,在书房那套《辞海》后边,你可以见到顾鹏程活的灵魂!"他还没回过神来,对方的话已戛然而止,听筒中又只剩下"嘟嘟"的空音。

李云鹤对这电话不再有昨天那种惊恐的感觉了,他知道这是有人在用这种特殊形式向他揭露顾鹏程的问题。看来这个人知道他和顾鹏程的关系,对他是既抱希望又不十分信任。他无心再写东西,决定摸一摸情况再说。

次日上午,李云鹤一早便来到顾鹏程的家。在顾鹏程生病的半年中,李云鹤已来过三次,对这里很熟悉,这是一幢宿舍楼的三室单元房,除面积较大外,和一般职工住房并无多少差别。

李云鹤知道,现在顾家只有一个乡下远房外甥女在看管,顾鹏程的儿媳住在医院里。

推开门,看家小姑娘一看是经常往来的老领导,就把他迎了进去。李云鹤说,他想在老顾的书房里坐坐,小姑娘就懂事地给他在书房里泡了杯茶,很客气地掩上门,退了出来。

李云鹤环顾室内,见沿墙放置着一个硕大的书架,书架上果然置放着一套《辞海》,他伸手抽出一看,发现后壁出现了一个不到一尺见方的暗门,那暗门设计得极为精巧隐蔽,如不是有人疏忽而使之微微开启,李云鹤还根本无法发现。

李云鹤尽管早已有了心理准备,但打开暗门还是使他大惊失色。只见成捆的百元大钞码放得整整齐齐,还有不少外汇港币。他一时估不透有多少款额,却深知自己几辈子也休想挣得这个数目。他哆嗦着手还想翻看一下暗橱里的其他东西,却听到客厅里传来看家小姑娘的声音:"大嫂,你又从医院请假回来了?快坐下歇歇,书房里有客人……"

听声音,李云鹤知道是顾鹏程的儿媳回家了,他急忙关上暗门,又把书放回原处,端坐在顾鹏程的书桌前,装作凭吊死者的遗物,浏览多宝格上的一件件古董。

此时,书房门被轻轻推开,进来一位病恹恹、面无半点血色的女人。

李云鹤是认识顾鹏程的儿媳的,她叫郑华秋,据说是大学物理系的毕业生,就在电业局科研室工作。李云鹤第一次见到她,是在顾鹏程为他的傻儿子举办的结婚喜宴上,当时他很诧异,顾鹏程这个连生活都不能自理的儿子,怎么娶了这样一个出众的姑娘?谁知婚后不过几年光景,顾鹏程那傻儿子就患白血病继其母之后不治身亡,而这个当初明眸皓齿、光彩照人的姑娘,现在竟也病成这副模样……

像是猜到李云鹤的心思,郑华秋那没有血色的脸上掠过一丝冷漠古怪的笑容,她开口道:"老首长,谢谢你的到来,你在想我们家发生的事吧?"她喘息了一下,又顺着李云鹤的目光道,"老首长对我家的古董有兴趣?"

"不,我只是随便看看。想不到老顾工作之余倒还很有雅兴,收藏了这么多的东西!"李云鹤边说边走近多宝格,观赏抚摸着一件件古色古香的青铜、古瓷器物,同时暗暗注意郑华秋的神色。

郑华秋面无表情,淡淡地说:"老首长不值得大惊小怪,这些东西都是不值钱的赝品,只不过工艺精湛到几能乱真的地步罢了,好像现在的许多事情一样,叫人真伪难辨。"

"哦,"李云鹤口中应着,信手捧起一尊半尺来高的碧玉观音,谁知还来不及细细观赏,耳边却响起那女人急促的叫声:"快,快把观音像放下!"

李云鹤惊诧地回过头来,只见郑华秋又恢复了淡漠的表情:"这观音倒是真品,新疆和田玉雕成,价值近三万元,请注意不要失手摔坏。再说,她神态的妙处要保持一定距离才能领略到。老首长,不信你退后几步看看。"

李云鹤放下雕像,后退几步细看,果然细腻传神,栩栩如生,只是比常见的观音少几许慈航普度的神态,眼角眉梢似隐隐藏着几分凶煞之气,于是说道:"这观音雕得确是不错,只是这神态似乎有些……"

"老首长果真好眼力!你是说她有些恶像?其实什么是恶,什么是善,本来就是难辨难断的,就像这世上的事一样,善又何曾得扬,恶又何曾得惩?"

李云鹤早就听出这女人话中有话,当即打断道:"不,如果有恶未曾遭惩,那是时间未到!惩恶扬善是我们每个人的社会责任,真正可怕的,倒是人们惩恶扬善的良知正气被泯灭和失落!"

一席话触动了郑华秋,她正欲答话,却身子一软跌在沙发上。

李云鹤急忙叫来看家小姑娘，郑华秋缓过气来，指着那尊观音，吃力地对小姑娘说："把她给我，送……我回……医院。"

当天晚上，李云鹤再一次守候在电话机旁，他预感那神秘的夜半电话铃会再次响起。果然，在差不多的时间电话又来了。这一次李云鹤早有准备，他没容那暗哑恐怖的声音先开口，就正色说："如果我没有猜错的话，你一定是深受顾鹏程之害的人。我理解你的心情，我以一个老共产党员的名义向你保证，我决不会亵渎你的信任！希望你不要再采取这种不必要的形式……"

李云鹤话没说完，听筒里暗哑的喘气声没有了，代之的是一个清晰的女人的抽泣声："李书记……我把氧气面罩取掉了……我……郑华秋……被你一手提拔的顾鹏程……害得……好苦……"李云鹤正想安慰几句，电话却断了。

李云鹤当即就往医院赶，可是令他意外的是，郑华秋已在他到达医院前五分钟死了，护士给了他一个写着"李书记收"的大信封。

李云鹤打开一看，里面有一封郑华秋给他的信及一叠材料。信的全文是这样的：

李书记：

我这样称呼你，是因为据我这些天来的观察，发现你还是符合一个共产党书记的称谓的。

我曾是一个纯洁的姑娘，是这地狱的炼火，把我变成了一个复仇的魔鬼。我毕业分配到电业局不久，顾鹏程就盯上了我，派人撮合我和他傻儿子的婚事，声言当时局内在搞人员优化组合，我已列入下岗名单，如果我能答应这门亲事，不但可以不下岗，而且我那同在电业局工作的身患晚期尿毒症父亲的医疗费用，也可以全额报销。当时我父亲病势危重，每周两次赖以维持生命的血液透析治疗费已一无着落。为了家庭和亲人,我不入地狱谁入地狱?

谁知这不是我悲惨命运的终点,人面兽心的顾鹏程在一个夜晚,就在他熟睡的傻儿子身旁,粗暴地占有了我。从此,他时时伺机对我蹂躏,尽管我百般抗拒哀求,但一个纤弱女子又怎能抵御这头疯狂的恶狼……后来,我那动过肾脏移植手术的父亲因并发症溘然长逝;十七岁的弟弟因接受不了我这畸形婚姻造成的舆论压力而弃学南下,不知去向;母亲受不了这纷至沓来的精神打击,自杀身亡。我真正成了苟活于世的孤魂野鬼。

我还在地狱里活着,我耳闻目睹顾鹏程夫妻虎啖鲸吞大笔大笔国有资产的罪恶。在几次向有关部门匿名告发却一无动静后,我绝望了,渐渐地产生了靠个人力量报复的计划。我用全部积蓄购买了那座碧玉观音,又利用自己的物理专业知识和工作的机会,将放射性原素钴封置在观音的眼珠内。当亲眼看到顾鹏程家人一个个因生活在致命的高放射线环境中患病死亡时,我获得了复仇的快感。对于我自己也因此而得病,我并不后悔,倒是我那呆傻的名义丈夫,确是无辜的殉葬者。

本来,我是准备找机会将这尊复仇的观音送给你的,因为我知道你在顾鹏程得意仕途中的作用。但是这几天的经历让我发现,你并不是我原先想象中的人,因此,这尊复仇的观音我已把它销毁了……"

李云鹤读完这封似乎未曾写完的书信,他的背上如同淋了一桶冰凉的冷水,好长一会,才使自己镇静下来。他毅然地捧着这袋材料,向市纪委大楼走去……

(周惠成)

(题图:箭 中)

我心不软

　　一面坡村每年有两次庙会，一次在三月，一次在十月。

　　在这次十月的庙会上，张武大的小卖部因为位置好，卖了很多东西。小卖部就他一个人，忙得团团转，白天劳累了一天，晚上又来了一帮喝小酒的朋友，吵吵闹闹一直到深夜才散，张武大累得够呛，所以睡得很实沉。

　　就在这时候，有两个小偷进了屋，把刀架到了张武大的脖子上……

　　张武大其实是他的外号，因为他小时候得了小儿麻痹症，身体发育不良，光长年龄不长个儿，成了矬子，跟《水浒传》里卖烧饼的武大相比，有过之而无不及，于是人们就送给他这么个绰号。

别看张武大人长得矮,却是个精明的主,年轻时在邻县一家印刷厂跑外勤,挣了一些钱,后来年纪大了,跑不动了,回到村里买了辆摩托驮货,开了这么个小卖部。小卖部也没有多大收入,平时一天也就进个十块、八块的,勉强可以维持生活。

张武大被小偷推醒,他迷迷糊糊地感到脖子上一片冰凉,睁开眼好长一会儿,才弄明白是小店进了贼。

一个小偷声色俱厉地警告他:"想活命就别动!"另一个小偷则拿着手电在所有抽屉里搜钱。

张武大显得很平静,躺在床上对小偷说:"不用防我,我这身子骨儿,哪是你们的对手,你们一只胳臂也能把我打趴下。"

一个小偷翻箱倒柜只找到一百多块钱,于是就气急败坏地走到他面前,把刀子横在他脸前,问他钱放哪儿了,不说就"放血"。

张武大说:"朋友,用不着这样吧,我也是在外面混过的人,道上的规矩我懂,我绝对是讲义气的。喏,钱放在货架第三层那个'康师傅'空袋里,你只管开灯去拿,我如果喊人,我就是你三孙子。"

小偷开了灯,按张武大说的果然找到了钱,有五百多块。小偷说:"算你仗义。"

小偷刚拿到钱,张武大嗓门很大地咳嗽了一声,就在这时,屋里的电灯突然熄了。

张武大在黑暗里叫苦不迭:"咋在这会儿停电呀,这不是要我的命吗?八成是保险丝给烧了。"

小偷觉得他的话在理,也没有往深处想,只是一时忘记手电放哪儿了。

张武大说:"没事,货架上有打火机,你们就用它凑合照明吧。"

小偷顺手从货架上抓了一个气体打火机放进衣袋里,然后摸黑踉踉跄跄地往外逃。

"朋友慢走!"张武大对走到门口的小偷说,"门后还有一桶香油,三十多斤,也值一二百块钱,一块拿走吧,希望以后不要再找我麻烦了。"

小偷有些感动了,连声说:"好,你仁我们也义,放心,以后再不会来了。"

小偷摸到门后边的一只塑料桶,提起来就走。

走到门外,张武大又把他们叫住了,说:"朋友,门后边有两只桶,一桶是酱油,一桶是香油,别拿错了,打着火机看看,拧开盖子闻闻。"

于是,一个小偷提着桶,另一个打着火机看。

外面有风,恍恍惚惚地看不清,一个家伙拧开盖子,马上有一股汽油味扑鼻而来,没等他们弄清怎么回事,汽油见了火,"嘭"地一声爆炸了,汽油溅了两人一身,立刻燃烧起来……

张武大不慌不忙地穿好衣服,用土帮两个小偷把身上的火熄灭,这时,他们已经趴在地上不能动了。

其中一个哭丧着脸对张武大说:"你的心好狠呀!"

"别怪我心狠,"张武大把他们绑了,又给自己点上一支烟,吸了一口,说,"我是个残疾人,遇上你们这样的坏人,没一点狠心是过不去的。"

外面灯火闪闪,并没停电,其实呀,那是张武大趁两个小偷不备,把开关关了,他怕弄出声音惊动了小偷,还故意大着嗓门咳嗽一声呢……

(郎嬛游)

(**题图**:杨宏富)

遭遇海盗

　　从前，有位印度商人和儿子一起出海远行，他们随身带了满满一箱子珠宝——这是他们一生的积蓄，准备在旅途中卖掉，但是他们没有向任何人透露过这一秘密。

　　这天早上，商人吃过饭后想到甲板上去散步，刚踏上梯子，忽听后窗内有人在嘀嘀咕咕，他心头一惊，便停住脚步听了起来。

　　"他们这箱子沉甸甸的，我敢肯定，箱子里有贵重东西。"

　　"什么时候动手？"

　　"今天半夜，按老规矩行事。"

　　商人听了吓得要命，哪里还有心思散步，便匆匆回到自己的小屋，皱着眉头思来想去，试图想出个摆脱困境的办法。

儿子问出了什么事情，商人便把听到的告诉了他。

儿子血气方刚，说："同他们拼了！"

"不，"商人道，"他们人多，一定会制服我们的。"

"难道就只好束手就擒，把珠宝全交给他们？"

"也不行，他们会杀人灭口的。"

这不行，那不行，父子俩陷入了绝境。但商人相信天无绝人之路，他苦苦想着保全性命的良策……

过了一会儿，只见商人的儿子像一头暴跳如雷的怒狮，气势汹汹地跑上了甲板，而商人也怒气冲冲地在后面跟着，好像是要把儿子一口吞了："你这个笨蛋儿子！"他叫喊着，"你从来不听我的忠告！"

"老头子！"儿子粗着喉咙反唇相讥，"你说不出一句值得我听的话！"

父子俩开始互相谩骂，越吵越凶，水手们好奇地聚拢过来，看着热闹。

突然，商人冲向他的小屋，一会儿，他捧出了那个珠宝箱，"忘恩负义的儿子！"商人尖声叫道，"我宁愿死于贫困也不会让你继承我的财富！"说着，他打开了珠宝箱。

哇，一箱珠宝在阳光的照耀下炫人眼目，水手们看到这么多的珠宝，都倒吸了一口凉气。这时，只见商人冲向栏杆，在别人阻拦他之前，将满满的一箱珠宝全投入了大海。

父子俩的一腔怒气渐渐平息下来，他俩注视着那只空箱子痛不欲生，瘫坐在甲板上。

后来，当父子俩单独呆在小屋时，父亲说："我们只能这样做，孩子，再没有其他的方法可以救我们的命了！"

"是的，"儿子答道，"你这个办法是最无奈的，也是最好的。"

轮船驶进港口后，商人和他的儿子匆匆忙忙地赶到了地方法官那里，他们指控那几个水手的海盗行径及杀人未遂罪，法官逮捕了他们。

那几个水手做梦也想不到法官会抓他们,众口一词申辩道:这算怎么回事?我们干过什么啦?

法官笑问道:"你们是否看到老人把珠宝投入了大海?"

水手们纷纷点头。

法官说:"什么人会放弃他一生的积蓄而不顾呢?只有当他面临生命危险的时候才会这样做吧?"

水手们顿时哑口无言……

（陈文怡　编译）

（题图:箭　中）

救命钥匙

　　科切拉镇有个年轻女教师,叫惠伦。这天放学后,她因为有事,最后一个离开学校,见前门已经关闭,就从还留着一道缝的边门里侧着身子挤了出去,然后走向停车场。

　　这时,天已经完全黑了下来,周围一片寂静,惠伦只感到背后冷风嗖嗖。她抬眼看四周,发现四周的树木此刻都仿佛变成了闪烁的怪影,并且像幽灵似的在眼前晃动,她有点紧张,不由打了个寒战。想到不久前曾听同事说起过这一带天黑后有流氓作案的事,心里越发慌乱起来。

　　就在这时,忽然从后面传来一阵低低的说话声,惠伦发现有七八个人正尾随她而来,还放肆地说着下流的话。

　　他们想干什么?惠伦吓出一身冷汗,一边加快脚步,一边伸手去摸手提包里的车钥匙,可是狂摸了个遍,却没有摸到。

这时候,只听一个家伙大叫着:"嘿! 快,抓住这个妞儿!"

立刻,那帮哥们就像恶狼似的朝惠伦扑来。

"上帝啊,救救我吧! 救救我吧!"惠伦在心里拼命地祈祷着,吓得都要哭出来了。就在这时候,突然,她的手指尖触到了一把钥匙!

是车钥匙? 我的车钥匙不是和办公室钥匙串在一起的吗?

不过这时候惠伦已经没有时间再想什么了,她把这把单个钥匙紧紧捏在手里,狂奔到自己车前,把它朝锁眼里一插。嗨,车门开了! 惠伦立刻闪身钻上车,把自己反锁在车里面。

那帮小流氓紧随着就追上来了,他们把车围了起来,用脚踢车门,用拳头砸车顶,却一时把惠伦奈何不得。

惠伦在车里害怕极了,她拼命让自己镇定下来,随后就哆嗦着将车发动了起来,只见车尾吐出一股浓浓的黑烟,随后"呜"的一声冲出包围,飞驰而去。

终于回到了公寓!

惠伦刚踏进房门,就听到电话铃在响,她抓起来一听,是父亲打来的:"亲爱的,怎么这么晚回来? 学校有事?"

"是的,是有一些事情急着需要处理。"惠伦不想让父亲担心,故意没说自己刚才的遭遇。

只听父亲在电话那头呵呵笑道:"嘿,昨天在你那儿的时候,有件事我忘了告诉你。我特地给你配了一把车钥匙,放在你手提包里了,没准什么时候能用得上……"

啊,原来这把救命钥匙是父亲放在自己包里的! 惠伦的眼泪夺眶而出。

第二天,清洁工在学校边门口的地上捡到一串车钥匙,正是惠伦不慎掉在那里的。

(肖公法　供稿)(题图:箭　中)